MIENTRAS MÁS OLVIDADOS SEAMOS, MÁS LIBRES SEREMOS

Mauricio Molina

Reservados todos los derechos. No se permite la reproducción total o parcial de esta obra, ni su incorporación a un sistema informático, ni su transmisión en cualquier forma o por cualquier medio (electrónico, mecánico, fotocopia, grabación u otros) sin autorización previa y por escrito de los titulares del copyright. La infracción de dichos derechos puede constituir un delito contra la propiedad intelectual.

El contenido de esta obra es responsabilidad del autor y no refleja necesariamente las opiniones de la casa editora. Todos los textos e imágenes fueron proporcionados por el autor, quien es el único responsable por los derechos de los mismos.

Publicado por Ibukku
www.ibukku.com
Diseño y maquetación: Índigo Estudio Gráfico
Copyright © 2021 Mauricio Molina
ISBN Paperback: 978-1-68574-052-8
ISBN eBook: 978-1-68574-053-5

La vida es una carrera y como ya te habrás dado cuenta, no es una carrera justa. Hay quienes empiezan a correr más adelante que otros, en mejores posiciones, en mejores condiciones.

Pero al final de la carrera no importa el llegar más lejos, sino cuánto has avanzado.

Corre con todas tus fuerzas, deja todo en la arena, disfruta cada paso sin arrepentimientos; los pasos fuertes, los pasos en falso, todos cuentan.

No eres lo que llevas, eres lo que das.

Sin olvidar que sólo tú pones la meta.

El viento, el sol y el ruido son la parte real de este viaje. Lo superficial, lo verdaderamente profundo, lo mágico, está en el olor a madera verde, a fauna indomable, a fogón de leña y al paisaje de un manto verde de montañas hasta donde puede alcanzar la vista. Laderas armoniosamente trazadas de cultivos, como si la misma tierra se hubiese repartido a sus dueños; curiosas casas de colores vivos y techos pálidos que a la distancia parecieran pequeños adornos de un inmenso pesebre. Así es el eje cafetero desde que la memoria es memoria.

Difícil es asimilar que después de más de dos horas de viaje, aún no lleguemos a San Lorenzo. Atravesamos el pueblo de Quimbaya, que estallaba en colores bajo el sol de la mañana. El conductor anunció que tan sólo quedaban algunos minutos más de viaje por entre veredas y así fue. Cuando al fin nos detuvimos, no estuve seguro de si aquel lugar era en verdad San Lorenzo. El profesor Uriel había dicho con anterioridad que se trataba de un pueblo muy pequeño, pero aquel lugar era tan sólo tres calles polvorientas y completamente desoladas.

—¡Esto no es un pueblo, esto es un pueblucho, nada más y nada menos que tres calles y un puñado de casas! —dijo Francisco mientras se bajaba del auto.

Tal vez yo pensaba igual, pero con la diferencia de que él nunca se quedaba con nada entre la lengua, siempre decía lo que pensaba y en ocasiones algo más. Francisco es un viejo amigo y para los dos éste era nuestro primer trabajo como maestros suplentes.

—No es para tanto, he visto peores —dijo el profesor Uriel desde el frente del auto.

5

Uriel es el hombre más tranquilo que he conocido en mi vida. Delgado, con una sonrisa fija, anteojos grandes, de un vestir muy sencillo, pero siempre impecable. Yo normalmente me dirijo a él como "profesor" pues me gusta recalcar su señoría entre nosotros. Al bajarse del auto le indicó al conductor que esperara.

—Parece un pueblo fantasma —dije.

—Valiente morirero al que vinimos a parar —añadió Francisco mientras encendía un cigarrillo.

San Lorenzo parecía un lugar suspendido en el tiempo, casas viejas recostadas una contra la otra, paredes agrietadas y medio descoloridas, con tejados derramados, ni el viento parecía moverse.

Francisco y yo nos conocemos desde antes de la universidad, somos amigos de calle, de esquina, de beber de la misma botella de fumar del mismo pucho. De esos amigos que todos tuvimos uno, tenemos uno o perdimos uno; de los que te dicen: "no sea pendejo, no sea bobo, no sea huevón" con un sentimiento de dolor ajeno como si en realidad te quisieran decir que se preocupan por ti. De los dos, él siempre ha sido más osado, más enamorado y directo, algo que a veces nos metía en problemas. Pero no puedo quejarme ¿o para qué otra cosa existen los amigos? Además tenía completa razón sobre el desolador paisaje de San Lorenzo: pintura pálida que deja poco que desear.

Bajamos el equipaje del auto mientras Uriel hablaba con el conductor a través de la ventanilla, indicándole con voz y manos que esperara en aquel sitio; después se acercó a nosotros ventilando una dócil sonrisa y fingimos sentirnos alentados de ánimo para no defraudarlo.

—Bueno muchachos, bienvenidos a San Lorenzo, los voy a acompañar hasta la escuela para ubicarlos y después nos vemos.

—¿Usted no se va a quedar con nosotros? —pregunté.

—No muchacho, yo tengo que ir a hablar con el representante de la junta escolar en Pueblo Rico, pero no es muy lejos, son sólo unos 20 minutos más de viaje y el conductor me va a llevar y a traer de regreso, y ya por la tarde nos encontramos.

—No se preocupe profesor, haga lo que tenga que hacer —dijo Francisco elocuente y tranquilo, como si hubiese practicado esa frase.

—Además, ¿qué nos puede pasar de malo a nosotros en semejante pueblucho? —añadió.

—Nada joven, en este pueblo nunca pasa nada, pero no está demás cuidarse bien. Dice el dicho: "Pueblo pequeño, infierno grande".

Caminamos con las piernas entumidas por el viaje y las maletas en las manos sudorosas; la escuela estaba tan sólo al doblar la esquina a media cuadra de distancia, pues en San Lorenzo nada está lejos y la distancia tan sólo existe al abandonar el pueblo. La escuela era un salón grande dividido en dos por un pared intermedia, tenía ventanas y puertas separadas; la fachada añeja y gastada estaba pintada de dos colores, la parte baja de un color rojo oscuro entre marrón y tempranillo y la parte alta de azul claro. Desde afuera y a través de la ventana pude ver a los niños, no eran más de una docena por salón; algunos sentados en viejos y atrofiados pupitres y otros en bancas recostadas contra la pared.

De una de las puertas salió un hombre delgado, de paso ligero y confuso; llevaba puesta una sonrisa afable en el rostro y se le descolgaba la sencillez, que hacía juego con su blanca camisa a medio planchar.

—Buenas, buenas, ustedes deben de ser los suplentes que mandaron de la ciudad.

—Sí, somos nosotros —respondió Uriel casi con la misma emoción de aquel sujeto. El hombre aquel se acercó al otro salón y llamó a través de la ventana:

—Germán, Germán, vení hombre, que ya llegaron los suplentes.

Del salón acudió al llamado un hombre alto y robusto, de piel pálida y bigote impecable.

—Por fin llegaron —dijo en voz alta.

—Gracias a Dios, de haber sabido que llegarían tan temprano los hubiéramos estado esperando en la entrada del pueblo con los muchachos —dijo el primero, el más ansioso de los dos hombres, a lo que el segundo replicó:—Claro que sí, hasta el mismísimo cura hubiera ido con nosotros a recibirlos.

El profesor Uriel se presentó y pasó a presentarnos a nosotros ante los festivos sujetos. Después les comentó que el conductor esperaba por él y que debía partir cuanto antes, pero regresaría esa misma tarde. Nos encargó entonces a nosotros su tenue equipaje, con tanto cuidado como si en vez de ropas viejas y libros gastados llevase entre las maletas parte del tesoro de la noche triste y dobló en la esquina como si ya hubiese caminado muchas veces por aquel lugar.

Germán y Antonio, los sujetos que nos habían recibido, nos mostraron lo poco que había por ver de la humilde escuela. En el primer salón estaban los niños que cursaban entre primero y quinto de primaria. De una de las paredes colgaba un viejo tablero rayado con tizas de muchos colores y sobre el tablero, en la parte alta, un cuadro del corazón de Jesús colgaba cansado pero vigilante, igual al que colgaba en casa de mi abuela. En el salón aledaño estaban los estudiantes de bachillerato, este salón era una copia del anterior con la diferencia de una mesa en la que reposaban olvidados y arrumbados unos cuantos libros y de una de las paredes y sobre el tablero, colgaba un viejo crucifijo que parecía haber estado ahí desde siempre.

Estábamos ahí con el fin de reemplazar a los maestros por un par de semanas mientras viajaban a la ciudad para renovar su contrato y esperar el cada vez más patético subsidio escolar de un país que financia la educación pública con los impuestos que dejan el tabaco y el alcohol. Esa tarde acordamos que yo me haría cargo de los alumnos de primaria. El sonido de una pequeña campana que colgaba afuera de la puerta inundó todos los rincones, los pequeños saltaron de sus puestos y corrieron hacia afuera simples y felices. Antonio y yo salimos del salón, afuera estaba Germán parado junto a la campana; la calle se llenó de movimiento, de ruido, de vida. Llamó mi atención la que podría ser la más humilde de las casas, en su única ventana se asomaba la intrépida figura de un pequeño que movía sus brazos esporádicamente, intercambiando voces a todo pulmón con los demás niños en la calle.

—Se llama Julián o Juliancito, como le dicen todos en el pueblo —dijo una voz que me sacaba de un leve letargo, era Antonio, quien estaba cerrando la puerta del salón.

—¿Disculpe? —pregunté.—El niño en la ventana, el que usted está mirando, así se llama: Juliancito.

—¿Y también viene a la escuela?

—No —dijo mirando por entre las ventanas al interior de los salones y después añadió—:

Ese niño no viene ni va, ni a la escuela ni a ninguna parte. Ese niño está en una cárcel, pero él no lo sabe.

—¿Y por qué?

—Su abuela. Esa señora está mal de la cabeza y no tiene cura, lo peor es que es el niño el que paga las consecuencias.

—¿Y quién es la abuela?

—"María de luto" le dicen. Es una vieja loca, usted ya sabe joven, cada pueblo tiene su loco o loca, pero es una larga historia; más bien venga, que les vamos a mostrar en dónde se van a estar hospedados ustedes.

No pude evitar dar una última mirada a aquella casa y a aquel niño mientras todos nos alejábamos de la escuela, quedando la calle una vez más vacía y el polvo a merced del viento que lo levantaba de la tierra en pequeños remolinos, como si buscara algo escondido en sus entrañas.

Pocos pasos después, al pasar la esquina, nos detuvimos en la que parecía ser la más colorida y amplia de todas las casas del pueblo, con un llamativo jardín al frente por donde, a través de una cerca de laureles, se podía ver un limpio corredor con un barandal de madera que recorría todo el frente de la casa; en el centro de la fachada había una alta puerta de madera abierta de par en par. Atravesamos el cerco de laureles y fue ahí, en medio de aquel lugar, en donde por primera vez escuché aquella voz que recordaré por el resto de mis acongojados días.

—Buenos días, mis señores.

Aquel trino provenía del interior de la casa, acompañado del sonido de unos pasos que se detuvieron justo en frente de la puerta. Aún no recuerdo qué fue lo que más llamo mi atención de toda su figura; su pose, su estatura, sus anchos hombros, su cintura ceñida, sus grandes senos, su pálida piel, sus rosadas mejillas o sus vivos labios. Se podía ver con facilidad que era una mujer madura y que los años le hacían bien.

Rosalba era su nombre y aunque sonara a hoja de otoño, al caminar dejaba en el aire un aroma a primavera difícil de ignorar. En aquel lugar todos la conocían como doña Rosalba y era la única dueña y señora de aquella gran casa; también estaba Olga, quien se hacía cargo de la cocina y otras labores. Sentados todos en la extensa sala de cómodos muebles, se nos pasó un buen rato de la tarde amenizado con un buen jugo de guayaba.

Francisco no podía apartar su mirada de Rosalba ni pretendía disimularlo. Entre otras cosas, nos enteramos de que ella era viuda; su esposo Manuel había sido asesinado hacia poco más de un año, lo había matado uno de sus propios trabajadores, quien lo apuñaló cinco veces en el estómago, en el patio de atrás de la casa.

—Asuntos de dinero —dijo Rosalba—, algo que nunca se resolvió pues el asesino huyó sin rastro alguno.

—¡Imposible! —exclamó Antonio y continuó—: Don Manuel era un hombre muy correcto, era un ejemplo; por aquí todos lo conocían y lo respetaban. Envidia es lo que fue, pura y cochina envidia.

Y cerró con un gesto de desprecio y su último sorbo del vaso de jugo.

—Lo absurdo del asunto —dijo Germán— es que la cantidad de dinero era tan insignificante que no entiendo cómo alguien pudo cometer un crimen por algo así. Pero en fin ¿de qué está lleno este pueblo si no de absurdos?

—Las vueltas que da la vida y las pruebas que nos pone, mis señores —dijo Rosalba dejando escapar un leve suspiro.

—Lamento mucho la muerte de su marido, Doña Rosalba y me imagino que debe de ser algo muy difícil el tener que encargarse de esta finca usted sola —dije.—A veces lo es, pero tengo a un trabajador encargado de los cafetales, Olga me ayuda en la cocina y otras cosas; además, esta casa nunca está sola, a veces son los profesores los que me hacen compañía y a veces siento que Manuel está aquí, que no se ha ido, que me hace compañía.

Del comedor pasamos a la mesa. La casa entera se había llenado de un olor a fogón de leña, a comida recién cocida, a café fresco. El aroma no nos engañó y después de una gustosa comida de finca que rescataba infancias, nos empezó a acechar el sueño detrás de los párpados y el cansancio del viaje a recostarse en nuestros hombros.

—Los veo cansados. Pero tranquilos, mis señores, que aquí nos acostamos con las gallinas —dijo Rosalba.

La tarde apenas agonizaba cuando nos enseñaron nuestros cuartos. La casa cada vez me parecía más amplia, con corredores que llevaban a otros corredores, puertas y más puertas, algunas abiertas y otras que parecían nunca haberlo estado; en el centro, entre la cocina y el baño, había un reducido patio con un jardín de plantas colgantes. Mi nuevo cuarto quedaba a un lado de la cocina y al otro extremo del cuarto de Uriel, sencillo, pero cómodo. Mi temporal aposento era una orquesta de sonidos que se escapaban con cada paso, con cada abrir y cerrar de un cajón, con el mover de cada aldaba. En el centro del techo una bombilla de luz amarilla parecía esforzarse por mantenerse encendida, mientras una furibunda polilla arremetía contra ella con todo su ser una y otra vez, sobrevolando el espacio.

Salí de mi cuarto con el cepillo de dientes en una mano y en la otra un tubo de dentífrico aplastado hasta la mitad. La casa entera parecía dormitar, atravesé sigilosamente la sala en busca del baño o el tanque del agua, aprovechando la luz de la luna fresca y la de una valiente bombilla acechada por todo tipo de insectos. Un quejido de madera se escuchó desde el otro lado de la sala, me di vuelta y vi la puerta de uno de los cuartos abrirse lentamente. Era Antonio, asombrado y contento de verme.

—¡Que bueno encontrarlo, joven!

—Si usted lo dice don Antonio —respondí y sonreí.

—La verdad es que a mí no me gusta caminar solo por la casa durante estas horas de la noche.

—¿Y eso, don Antonio? ¿a qué le puede tener usted miedo en un lugar como este?

Antonio deslizó su mirada por la enmudecida casa, intentando asegurarse a sí mismo de que estuviéramos solos.

—No me quiero encontrar al patrón —susurró.

—¿A quién?

Se acercó un poco.

—Espere —respondió. Se adentró en el baño, yo me quedé afuera y procedí a lavarme los dientes en el tanque de agua fría y de fondo oscuro sin reflejo alguno; al salir, Antonio se acercó a mí, esta vez al punto de que podía sentir su respiración sobre mí.

13

—¡Al patrón!

—¿Quién es el patrón?

—Pues el esposo de doña Rosalba.

—El esposo de doña Rosalba está muerto...

Antonio dio unos pasos atrás, se arrimó al lavadero y se lavó las manos y la cara sin dejar de mover su mirada inquietamente. Se acercó a mí y dijo:

—¡Sí, y bien muerto! Pero eso no le impide que de vez en cuando se siga apareciendo por estos corredores solos.

—Me confunde, don Antonio.

—Mire joven... mejor vámonos a nuestros cuartos, que ya es tarde, no vaya a ser que salga Germán y me regañe por estar hablándole de estas cosas; o peor aún, no vaya a ser que se aparezca el patrón.

No pude evitar mirar alrededor de la sala antes de cerrar mi puerta, o de mirar de esquina a esquina del interior de mi cuarto antes de apagar la luz. Esa noche, mi primera noche en San Lorenzo, el insomnio duró un poco más de lo esperado.

En la mañana, la casa tenía olor a café fresco, a leña y a arepa. El día se mostraba prometedor con la excepción de la espera al compartir un sólo baño entre tantas personas; las calles de San Lorenzo se mostraban siempre tan vacías, pero desde el interior de sus casas se podía sentir el vibrar de la vida. Por entre las rendijas de sus viejas ventanas y ajadas puertas se escapaban sonidos y voces, había pájaros en los techos, gatos en las ventanas y el polvo se movía como si estuviera vivo.

No estaba tan mal para un pueblo fantasma.

Camino a la escuela, Germán sacó de su bolsillo un llavero con un puñado de llaves entrelazadas entre sí, un destapador de gaseosas y una estampita del Señor de los milagros de Buga; nunca supe para qué eran las demás llaves pues la escuela sólo tenía dos puertas. Fue aquella tibia mañana cuando por primera vez vi la figura que hoy recorre los pasillos de mi mente llenos de culpas. Su cabeza cubierta por un pañuelo azul oscuro, la espalda tristemente encorvada y sus manos lánguidas y secas estaban aferradas a una escoba como si dependiera de ella para estar en pie, moviéndola de un lado para el otro con paciencia infinita y parada justo enfrente de aquella casa, la más humilde de todas las casas en la que el día anterior vi asomarse a un niño por entre su torcida ventana.

—María Dolores o María de luto.

Escuché la voz de Antonio quién también miraba a la anciana.

—Así es como le dicen todos en este pueblo y bien que le queda el nombre.

Antonio parecía sonreír siempre, pero su sonrisa parecía un hábito, más que una expresión.

—Buenos días doña María —dijo Antonio a buena voz desde la orilla del andén. La mujer detuvo su repetitivo movimiento al sonido de la voz y levantó su mirada pausadamente evitando cambiar en un mínimo su postura, nos miró como si fuésemos transparentes y regresó a su cansada labor como si nada hubiese pasado.

—No tiene caso —susurró Antonio por el desaire. Se dio media vuelta y entro a el salón.

El día pasó tan rápido que apenas pude sentirlo; las horas parecieron haberse evaporado entre el calor del día y al salir del salón, Antonio me preguntó:

—¿Qué tal el primer día, joven?

—Bastante bien, los niños son una caja de sorpresas y las horas se me pasaron muy rápido.

—Me alegro, veo que su amigo también está disfrutando mucho de su primer día y no pierde el tiempo —dijo dirigiendo su mirada hacia Francisco, quien, recostado a un lado de la otra puerta, coqueteaba sutilmente con una de las jóvenes de su salón. Ella, primaveral y ligera, sujetaba los libros contra su pecho; él, perspicaz y osado, la medía con su mirada detallando cada ángulo de su figura. Se despidieron y ella, aventurera, corrió a encontrarse con sus amigas, quienes esperaban a media calle, en donde la emoción fue compartida y devorada a carcajadas.

—Debería ser un poco más discreto —retomó Antonio—. En estos pueblos las cosas son diferentes a la ciudad, aquí la gente es un poco delicada en ciertos temas, no sería bueno involucrarse con la persona equivocada.

—Entiendo.

—Lo digo para que se eviten dolores de cabeza, muchacho.

—No se preocupe, conozco a Francisco, eso no va a llegar muy lejos; si es necesario, yo mismo hablo con él.

Antonio sonrió, los demás nos alcanzaron y caminamos todos juntos a casa de Doña Rosalba. Esa misma tarde, Antonio y Germán viajaron hacia Armenia y antes de partir Antonio me dijo que me cuidara y que cuidara a Francisco; yo entendí su mensaje y le dije que todo estaría bien. No sé si lo hice porque quería convencerlo a él o porque quería convencerme a mí mismo. Conocía a Francisco como a las líneas de mis manos y sabía que cuando a él se le mete algo entre ceja y ceja, nadie lo hace cambiar de parecer, pero decirle esto a Antonio, sólo haría su equipaje más pesado.

Pasé la tarde con Uriel en su cuarto, mientras terminaba de desempacar su equipaje. Hablamos del pueblo, del viaje, de sus viajes pasados y de otros pueblos distantes. Después de un par de horas me alejé y él se quedó en su cuarto entre sus cosas, silbando un pedazo de bambuco.

Encontré a Francisco a punto de salir de casa.

—¿De salida, Francisco?

—Sí, tengo un asunto pendiente.

—¿Y ese asunto tiene nombre de mujer, me imagino?

Francisco levantó la mirada inhaló profundamente y sonrió.

—Ángela.

—¿Y Ángela es mayor de edad?

—Imagino que sí, al menos lo aparenta.

—Mucho cuidado, Francisco, a este pueblo apenas si llegamos, es mejor no ir muy deprisa.

—Tranquilo, papá Martín —dijo y se alejó cruzando la puerta hacia la calle.

Sentí mi deber cumplido, esa sería la extensión de mi esfuerzo, pues sabía que sería en vano cualquier otro intento. El calor empezaba a sucumbir con el caer de la tarde, un color anaranjado se empezaba a esparcir por todo el firmamento. Conté ocho pasos desde mi cuarto hasta la puerta de la cocina, el corredor moría al pasar la cocina en un amplio barandal de madera con materas colgantes y desde ahí se podía observar parte de los vivos cafetales; había senderos de plátano y al filo de la ladera, un guadual que danzaba con el viento. El valle entero parecía pintado con los más bellos verdes y el cielo, de un fondo gris pálido, parecía en llamas, inundado de un amarillo y anaranjado que parecían venir en vez de despedirse. El canto lejano de las aves y el ruido infinito de los grillos resonaban en el aire, un olor a leña y café me empujaban hacía la cocina, ahí el fogón ardía incansable y sobre él un par de ollas quemadas por el vivo fuego tan negras como la noche; utensilios colgaban de la pared como trofeos y aquella diestra mujer se desplazaba intocable de un lado a otro.

Me vio y dijo—Tranquilo joven, ya casi está la comida ¿quiere que le sirva un poquito de café?

Acepté. Doña Olga se movía por la cocina como pez en el agua, se secaba las manos en su delantal cada cinco minutos y no se quedaba quieta por más de unos cuantos segundos seguidos. Bebí el café recostado contra la puerta de la cocina y hablamos como si nos conociéramos de antes; al sentirme en confianza le pregunté por el patrón. Ella, de forma muy locuaz y secándose las manos en su delantal, dijo:

—El patrón, que en paz descanse, era un alma de Dios, a mí me dolió mucho cuando lo mataron.

—¿Lo conoció usted a él?

—Claro joven, yo en esta casa llevo tantos años que a veces me olvido de quién era yo antes de venir aquí, desde de que llegaron los patrones al pueblo. Yo estaba aquí en esta casa el día que mataron al patrón, que en paz descanse.

Al parecer, sin importar cuantas veces tuviera que nombrar al patrón, ella siempre continuaba diciendo: "Que en paz descanse", después de nombrarlo.

—Por aquí todos lo conocían, era un hombre muy correcto y bueno —dijo bajando el tono de su voz casi al nivel de un susurro y añadió—: No se merecía lo que le hicieron.—Es muy lamentable.

—La traición y la muerte van de la mano, joven. Hay cosas que jamás se olvidan, los muertos también tienen memoria y a veces esas cosas no los dejan descansar.

—¿Los muertos tienen memoria, dice usted?

—Memoria y penas…

—Yo no creo mucho en esas cosas, doña Olga —dije tomándome el último sorbo de café.

—Así son todos ustedes los de la ciudad, pero en los pueblos las cosas son distintas.

—¿Y por qué habrían de serlo?

Ella dejó sobre la mesa el cuchillo que llevaban en su mano, me miró interrogante y preguntó:

—¿Quiere más café, joven?

Sonreí, sujeté el pocillo entre las dos manos y dije: —¿O sea que usted me está diciendo que los fantasmas existen?

—Los fantasmas y las brujas y los duendes y el Espíritu Santo ¿o es que ustedes los de la ciudad tampoco creen en Él?

—Sólo quiero decir, doña Olga, que para creer en algo primero hay que verlo.

Hice una corta pausa y le pregunté: —¿Acaso usted ha visto alguna vez a un fantasma?

—¡Pues sí, joven! y no soy la única, hay muchos aquí que lo han visto o escuchado.

—¿Visto a quién? ¿al patrón?

Olga miró hacia la sala por sobre mi hombro, escuché detrás de mí el abrir de una puerta, me di media vuelta y vi a Rosalba salir de su cuarto. Regresé mi mirada a Olga y ella dijo:

—Ya casi va a estar la comida, joven. En un momento más se puede sentar a la mesa.

Y se giró enfocando su atención totalmente en la cocina.

Esa noche me acosté temprano. El aire era húmedo y a lo lejos, entre las montañas, se anunciaba la lluvia. Recostado en mi cama mirando hacia la pared como un feto envuelto entre cobijas y acompañado de mi insomnio, escuchaba al viento mover la ventana desde afuera y a las ranas invocar a la lluvia a vivo pulmón; era obvio que esta casa tenía una historia inconclusa que algunos querían contar pero que preferían callar. Estas viejas paredes guardaban secretos entre sus grietas y al parecer, también a un fantasma.

Recordé mis días de ratón de librería junto a Gabriel. Le apodábamos "El místico", porque estaba obsesionado con temas de ocultismo y del más allá. Decidido a convencerme de sus ideas y pensamientos, me llevó a leer tomos como "Entre nosotros" de Jame Van Praagh y "Reencarnación" de Martin Parker; no puedo negar que tanto antes como después de haber leído aquellos libros, algo en mí siempre ha querido aceptar la existencia de estos fenómenos, pero mi necesidad de pruebas ha sido siempre mayor.

La noche y el sueño fueron más fuertes que los recuerdos.

A la mañana siguiente me desperté sin razón alguna, podía escuchar el canto de los pájaros y distinguir los rayos de luz atravesando por entre las rendijas de la ventana; aún miraba hacia la pared con mis parpados entreabiertos, olía a leña, tal vez Olga ya estaba en la cocina aunque parecía ser muy temprano aún y no había escuchado el sonar del despertador. Permanecí momentáneamente sumido en un trance entre el dormir y el despertar. Súbitamente sentí un descargar pesado y tempestivo, no sabía quién era o qué era, pero sentí como si algo o alguien se dejara caer sobre mi cama justo a la altura de mis pies; sentí el hundirse del colchón, el jalar de las sábanas y hasta escuché un leve crujido de la madera. Creía que estaba solo, debía de estar solo, la puerta nunca debió de abrirse durante la noche. Cerré los ojos y los apreté fuerte, el hacerlo me daba algo de seguridad; pensé que tan sólo lo estaba imaginando, la puerta sólo se puede asegurar desde el interior y nadie pudo entrar por la ventana. «Estoy soñando» me dije a mí mismo, pero no era así. Los pájaros, los rayos de luz y el olor a leña estaban ahí, seguían ahí al igual que aquel pesado bulto, aquella sólida masa inexplicablemente sentada a un lado de mi cama. No estaba soñando

21

ni tampoco estaba solo, había alguien sentado al pie de mi cama. Pensé en estirar las piernas fingiendo que aún dormía o jalar bruscamente las sábanas; intentaba controlar mi respiración mientras sentía cómo, lentamente, algo recorría todo mi cuerpo de los pies a la cabeza. Era el miedo, lo reconocí por ese sabor metálico que dejaba en la boca; tenía que hacer algo, lo sabía bien, pero no sabía ni qué ni cómo y seguía allí casi paralizado. Un sonido fuerte y explosivo inundó la habitación: el canto de un gallo; supe que esa era la señal perfecta, el momento exacto. O era ahí o eternamente nunca. Jalé bruscamente las sábanas y me di media vuelta, cubriendo al mismo tiempo mi cabeza y fingiendo dormir aún; miré por entre un pequeño espacio de las sábanas y me di cuenta de que estaba solo, completamente solo, agitado y cubierto de miedo, ya no sentí el peso de aquel bulto hundiéndose sobre mi colchón. No lo soñé, sé que fue real, estuvo ahí no sólo su peso, sino también su presencia. El despertador sonó rotundo e inoportuno, empujando mis nervios al borde del abismo. Exhalé profunda y extensamente, indeciso entre la verdad y la sugestión; me senté al borde de la cama y me fingí a mí mismo que nada había pasado.

La humedad se sintió durante toda la mañana, el viento ausente de fuerza y dirección apenas se hacía sentir por momentos y desaparecía. Después de terminadas las clases, mientras yo cerraba el oxidado candado de la vieja puerta, sentí la sensación de uno ojos sobre mí, era casi imposible de ignorar aquella sensación; escruté a mi alrededor de un lado al otro. Asomado a la ventana de aquella vieja casa de enfrente estaba Juliancito, como lo había llamado Antonio. En su mirada parecía esperar a que yo le reconociera y justo antes de que yo pudiera construir alguna mueca u orquestar una sonrisa, apareció detrás de él, entre las sombras, aquella anciana de mirada frívola, cortante y rechazadora, quien le susurró que entrase tocándole en el hombro y cerrando la ventana.

Empecé a caminar junto con Uriel. Francisco se quedó parado frente a la escuela conversando con su nueva amiga.

—¡Ese muchacho es de cabeza dura! —dijo Uriel.

—Como de piedra —le respondí, a lo que él añadió: —En los pueblos las calles tienen ojos.

Caminamos hasta llegar a la casa. Cada vez que Uriel hablaba de ese pueblo lo hacía con un cierto misterio, como queriendo infundir en mí algún tipo de temor, pero por el contrario, alimentaba en mí la hoguera de la curiosidad y el cuestionamiento.

Ya por la tarde, al sentir que la humedad había desaparecido casi por completo y que el viento recobraba vida y dirección, Francisco y yo decidimos ir a la única tienda del pueblo por un par de cervezas. Las calles tan muertas como en los días que antecedían, en la tienda un viejo radio cansado entonaba canciones del recuerdo hechas para olvidar. Con una cerveza a medias y un cigarrillo por extinguirse, le conté a Francisco mis inquietudes y mis sospechas, cómo todo parecía encajar al mismo tiempo que todo estaba inconcluso. Cómo la muerte del esposo de Rosalba parecía algo más que un simple ajuste de cuentas, cómo, según Antonio y Olga, el fantasma de don Manuel aún rondaba los pasillos de la casa sin poder hallar descanso. Francisco sabía que yo no creía en esas cosas, pero yo sabía que él sí.

Al comenzar la segunda cerveza, Francisco narró una historia que nunca me había contado. Empezó por nombrar a su tía, quien vive justo a las afueras del pueblo de Armero; recordó alguna vez haber estado allá cuando apenas era un niño. Se rumoraba entre todos que en aquella casa espantaban. Francisco dijo nunca haber presenciado o escuchado algo fuera de lo normal en sus visitas, pero entre su familia con frecuencia contaban historias del fantasma de una niña que recorría toda la casa, daba igual si era de día o de noche; la escuchaban reír, correr y jugar con los objetos de la casa.

—¿Y usted creía esas historias?

—No creo que ninguno de ellos tuviera razón alguna para inventar esas cosas.

—Tal vez era sugestión.

—Tal vez, o tal vez no.Esa tarde después de la cena, cuando aún quedaba algo de la luz del día, me senté en una de las sillas de la sala para leer un poco. La tarde era cálida y a la distancia los papagayos se reunían en la arbolada en una fiesta sonora. Rosalba entró por el jardín, su falda se enredaba entres las plantas y las materas como si quisieran detenerla en su caminar; había en sus caderas algo que parecía desafiar la geometría. De mejillas siempre coloradas, hombros anchos, brazos gruesos y senos caritativos reprimidos bajo la blusa blanca de encajes y boleras, había tanto de mujer en ella que me hacía pensar en lo bella que pudo ser en sus años mozos.

—¿Que lee joven? Si se puede saber...

—Benedetti, doña Rosalba.

—Ah, el poeta...

—¿Lo conoce?

—Sí, mi esposo era un gran lector, lo que aprendí de libros lo aprendí de él. Y por favor deje ya de decirme "doña", que me hace sentir muy vieja ¿o es que le parezco muy vieja a usted?

—¡Ni diga eso doña Rosalba! Es sólo que es cuestión de costumbres.

—Bueno, pues aquí no necesita de esas costumbres.

—Me parece bien, siempre y cuando usted deje de decirme "joven".

Ella sonrió.

—Está bien, Martín.

Era la primera vez que hablaba a solas con Rosalba, me pareció muy amena, perspicaz e inteligente, dotes que decía haber aprendido de su marido, a quien nombraba constantemente. Me contó que los dos eran oriundos de Cali, en donde se habían conocido.

—¿Cómo fue que vinieron ustedes a parar a este pueblo tan alejado?

—Huyendo de la ciudad y la trampa, que era lo que decía Manuel; a él nunca le gusto la ciudad ni el ruido. Cuando nos mudamos para este pueblo también yo pensé que era un lugar muy alejado y él me decía: "Mientras más olvidados seamos, más libres seremos".

—Hablando de olvido y lejanía, quisiera preguntarle ¿quién es la anciana que vive enfrente de la escuela?

—Doña María, la vieja María o María de luto, como la llaman todos en el pueblo.

—Los niños de la escuela la llaman bruja y loca.

—No es para menos Martín, con la vida que ha llevado esa mujer, cualquiera se hubiera vuelto loco.

—¿Usted la conoce bien?

—La conozco como la conocen todos en el pueblo y no hay nadie en este pueblo que no conozca a María de luto; se dice que ella es tan vieja como el pueblo, que ha estado aquí desde siempre.

—¿Por qué dicen que está loca?

—Porque el dolor puede volver loco a cualquiera Martin, y yo nunca he conocido a nadie que hubiese sufrido tanto como esa pobre mujer.

—¿Y el niño? Vi a un niño en la casa con ella, pero él no asiste a la escuela, tampoco he visto a nadie más entrar o salir de la casa.

—Ese niño es lo único que le queda a esa mujer, pero a veces no sé si sea algo bueno o algo malo. A María le fueron matando a todos a quienes ella quería, uno por uno, sin piedad sin aviso.

—¿Mataron? ¿Quién pudo matarle la familia a esa mujer?

—¡El pueblo, Martin! Este maldito pueblo. Vivir en San Lorenzo es un castigo, una condena, como pagar una pena lenta; este pueblo a todos nos va quitado algo, a todos nos va cobrando las deudas pasadas, pero a la pobre de María le cobró más de la cuenta. Lo peor es que vivir aquí es como estar enterrado vivo, como si los pies nos hubieran echado raíces.

—¿Usted alguna vez pensó en irse de aquí?

—Pensarlo sí, pero no podría. No podría dejar esta casa después de haber vivido tanto, de tanto que aún queda y no podría dejarlo a él.

Dijo esto como cayendo en un trance, como perdiendo el tono de su voz decibel a decibel; antes de que pudiera preguntar algo más, se levantó de su silla, se sacudió la limpia falda y dijo:

—Ya casi está lista la comida, le voy a ayudar a Olga a servir. Con permiso... Martín.

Sonrío y se marchó.

Intente recobrar entre páginas y líneas el lugar preciso para retomar mi lectura, la cual no duró mucho tiempo. Francisco entró por la puerta principal, venia de ver a su nueva amiga.

—Debería aprovechar Martín, estas muchachas de pueblo son loquitas por nosotros los de la ciudad. ¿Quién iba a creer que en algún lugar podríamos ser especiales?

Se sentó conmigo en la sala y hablamos hasta llegada la hora de la cena.

Los días en este pueblo son tranquilos, tal vez demasiado tranquilos. Las mañanas son húmedas y frescas, con olor a flores y a café, pero en las tardes el calor se apodera de todos los rincones, pareciese que saliera de la misma tierra. Con el pasar de la primera semana, el calendario por fin empezaba a avanzar; los días eran típicos, monótonos. Uriel con sus libros y sus cosas, Francisco no pasaba un día sin verse con su nueva amiga Ángela, quien resultó estar comprometida con un joven de una vereda vecina. A Francisco esto no lo detenía, ni tampoco a ella.

Llegó el sábado, que pretendía ser un día igual a los demás, pero que no lo era. Desde temprano se escuchaban niños correr y jugar por las calles. Invitado por la frescura de la mañana salí al jardín del frente, los niños me reconocieron y se acercaron a la reja. Entre ellos estaba él, Juliancito, quien prefirió guardar distancias a mitad de la calle; era la primera vez que lo veía lejos de su casa, fingí no saber nada de él, lo llamé para que se acercara al jardín y lo hizo tímidamente.

—¿Cómo te llamas?

—Julián.

—No te he visto en la escuela.

Él lo negó moviendo su cabeza.

—¿Sabes quién soy?

Afirmó que sí, de nuevo moviendo su cabeza.

—¿Por qué no vas a la escuela?

—No puedo.

—¿Por qué no puedes?

—No puedo salir.

—Pero ahora estás afuera. ¿Por qué dices que no puedes salir?

—Mi abuela no quiere que salga.

—¿Por qué?

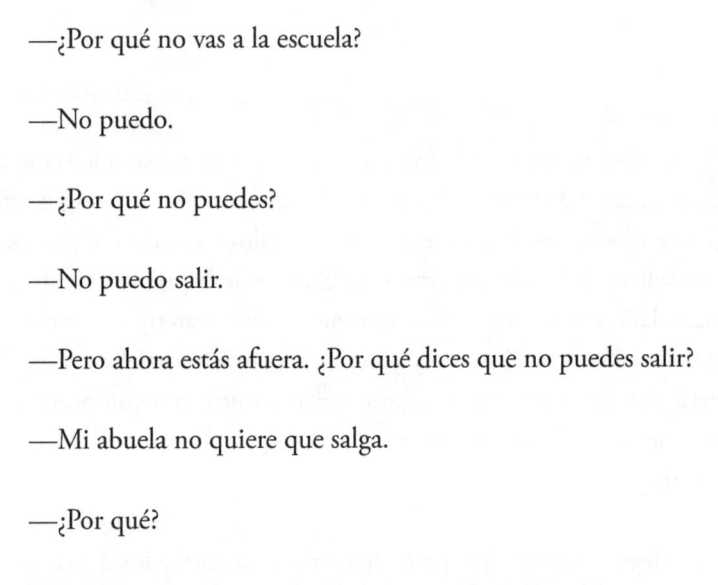

Rápidamente se dio media vuelta y corrió en dirección a su casa, dejando a los demás niños atrás.

—Su abuela está loca —dijeron algunos de los niños.

Durante el almuerzo, de forma casual mencioné lo sucedido y también mis intenciones de hablar con la abuela del niño. Rosalba dijo que perdería mi tiempo y Uriel que era algo que no me concernía.

—Me parece injusto, ese niño tiene los mismos derechos que los demás —dije, pero a cada argumento le encontraban un contrario y a cada pensamiento una negación.

Esa tarde Francisco no iría a ver a Ángela, era fin de semana y los fines de semana ella los tenía comprometidos para su prometido, pues era cuando él venia de la vereda vecina. Pasadas un poco de las tres de la tarde, la terquedad me remordía el pensamiento; salí de mi cuarto, atravesé la sala y me dirigí a la calle. «¿Qué es lo peor que puede pasar?» me dije a mí mismo y caminé hacia la casa de Doña María. Puerta y ventana cerradas, la casa parecía dormir en un silencio absoluto a la espera de que bajara el calor. Sin pensarlo golpeé a la puerta dos veces, pues a veces mis impulsos son más fuertes que mi sensatez y el pensar mucho las cosas debilita la determinación.

Estamos determinados a vivir más, mas no a vivir con determinación.

Escuché pasos en el vacío del interior de la casa y un sonido similar al de una cadena arrastrada por el suelo; después el silencio, que me obligó a golpear de nuevo a la puerta. Escuché el quejido de la puerta al abrirse y di un paso atrás, un delgado espacio se abrió entre la puerta y la pared, revelando su oscuro interior. Reconocí un olor a tierra húmeda que ya casi había olvidado. Entonces, por entre aquel espacio paralelo, se asomó el rostro casi fantasmal de Doña María. Vi con claridad las huellas que pacientemente los años habían esculpido en su rostro y sus ojos nublados que me daban la inseguridad de que me viese con claridad; llevaba envuelta su cabeza con una pañoleta azul oscuro, que sólo dejaba al descubierto pequeñas partes de su blanca cabellera. No dijo una palabra.

—¿Doña María?

Siguió callada y me escrutó de la cabeza a los pies.

—Doña María, me llamo Martín, soy profesor suplente de la escuela.

—¿Qué les pasó a los otros dos profesores que estaban aquí?

—No les pasó nada doña María, tan sólo fueron a la ciudad, ya regresaran en unos días.

—¿Y usted qué quiere, joven?

—Vengo a preguntar por el niño que vive con usted, su nieto, si no me equivoco.

—¿Y qué quiere saber? ¿para qué lo quiere?

—Tan sólo quiero saber el por qué el niño no asiste a la escuela, si acaso hay algo en lo que yo pueda ayudar para que él pueda ir a la escuela como todos los demás niños.

—Yo lo sabía, usted es igual a todos los demás y eso que apenas viene llegando; todos me quieren quitar a mi nieto, pero no. ¡No me lo van a quitar ni ustedes ni este pueblo! Cerró la puerta de tal manera que la fachada pareció lamentarse.

Volví a casa de Rosalba mientras el calor comenzaba a morir junto con la tarde. El interior de la casa parecía dormir como suspendido en el tiempo, sólo una suave brisa repentina buscaba dar vida a aquel cuadro; el cuarto de Rosalba permanecía cerrado, lo cual no era usual. Atravesé la sala hasta llegar a la cocina y encontré a Olga moviéndose indomable de un lugar a otro, levantando, tocando y cambiando cosas a su parecer sin pensarlo dos veces, sabiendo el lugar exacto de cada objeto. Me ofreció de todo lo que tenía a su disposición, yo me limite a un agua de panela con limón, para no rechazar su exagerada amabilidad y apaciguar un poco lo que quedaba del calor de la tarde.

—Doña Rosalba ha pasado toda la tarde en su cuarto ¿acaso le pasa algo?

—No joven, ella está bien, es que hoy es sábado.

Su respuesta fue tan natural que me puso en duda ¿acaso yo había olvidado algo, o era ella quien olvidaba que yo ignoraba algo?

—¿Qué pasa los sábados? —pregunté.

Ella pareció recordar mi ignorancia al respecto y evadió mi pregunta, pero yo sabía que las ganas que ella sentía por contar su secreto eran quizá iguales o más grandes que las ganas que yo sentía por saberlo. Al comienzo, insegura miraba constantemente sobre mi hombro hacia el cuarto de Rosalba y después del segundo pocillo de agua de panela, doña Olga parecía no querer parar de hablar. Con la seriedad del más delicado de los asuntos, me contó parte por parte la historia de la muerte de don Manuel; en su relato ensalzaba a aquel hombre como el más correcto de los correctos, el más noble y el más bueno que hubiese pisado estas polvorientas calles. No hubo una sola ocasión en la que no mencionara su nombre, sin después decir: "Que en paz descanse". Contó cómo la desgracia de Manuel comenzó con la aparición de otro hombre en el pueblo, un tal Facundo, oriundo del valle del Cauca, cerca de Alcalá. Según los rumores, se aparecía de pueblo en pueblo en las épocas de cosecha sin aviso ni seña, algo común entre algunos recolectores de café. Tenía fama de ventajoso, mujeriego y temperamental. Ese año Facundo estuvo trabajando en la finca para Manuel desde el comienzo de la cosecha, pero terminada la misma no se marchó como otros, sino que prolongó su estancia con la de excusa de querer hacerse de unos pesos extras, pero Facundo no era de esos y al parecer su verdadera razón tenía nombre propio y se paseaba coquetamente por entre los pasillos de esta casa; esa razón era Rosalba. Se murmuraba entre bocas y oídos que Facundo y Rosalba se miraban más de lo necesario, se hablaban delante de los demás sin que los demás entendieran y que en ocasiones, cuando Manuel estaba ausente, una sombra de la medida de Facundo se deslizaba por las ventanas del cuarto y el pasillo, o que un perfume parecido al de Rosalba se percibía por entre la casilla y el

33

desgranadero. Se murmuraban encuentros y escapes que, aunque no estaban confirmados, poco a poco llegaron a oídos de Manuel y se fueron apilando como pesados vagones.

Según Olga, el que Facundo matara a Manuel no fue un ajuste de cuentas por deudas de dinero, sino por deudas del corazón, de celos, de honor. Después del fatal suceso Facundo desapareció del pueblo y hasta el día de hoy no se sabe nada de él, nunca más volvió a aparecer. Quien sí se ha seguido apareciendo es Manuel, su fantasma habita en este lugar tal vez aferrado a la casa o tal vez aferrado a Rosalba, como con una pena que no lo deja estar en paz sin importar cuantas veces Olga dijera: "Que en paz descanse" después de mencionar su nombre. Lo han visto en la casilla, también en la despulpadora donde algunos trabajadores aseguran haberlo escuchado hablar; también lo han escuchado en la sala donde se han visto muebles moverse por sí solos y puertas abrirse de par en par sin razón aparente, pero sin duda alguna es el pasillo largo que conecta el baño con el cuarto principal en donde más se manifiesta. A veces es una sombra recostada en las barandas o cerca del lavadero. Rosalba lo busca, lo espera, lo llama; el miedo no existe en ella, por el contrario, es su penar. Curiosamente es en los días sábados cuando el fantasma de Manuel es más activo y es por ello que Rosalba descansa en esas tardes para estar despierta por las noches, a veces hasta la una de la mañana, caminando por los pasillos y la sala con la terca esperanza de poder verlo o escucharlo. En dos ocasiones que revivían lo que fuera para ellos una fecha especial, ella esperó en la sala hasta caer profundamente dormida. Son muchas las personas que han vivido o visitado la casa y que han jurado haber visto o escuchado al fantasma de Manuel. Irónicamente, Rosalba no es una de ellas, a pesar de ser ella tal vez la única persona en el mundo quien anhela el verlo o escucharlo. Él nunca se ha presentado o manifestado de ninguna manera cerca de ella, pareciera que quisiera evitarla o de alguna manera castigarla al saber que ella lo busca.

Me resultaba difícil aceptar la veracidad de esta historia, pero la seriedad con la que Olga la contaba cautivaba toda mi atención.

Volví a mi cuarto y en mi soledad, recostado en la vieja cama y con la mirada perdida en los agujeros del tejado, rumiando preguntas sin respuestas con las palabras de Olga en mi cabeza golpeando el muro de mi incredulidad. A su edad madura, señoril, Rosalba inspiraba pasiones en su caminar, sus amplias e inquietas caderas se movían con malicia, sus senos ocultaban secretos, sus hombros anchos y sutiles, sus mejillas tan vivas como los cerezos, dejaban en claro que en sus años mozos su belleza hubiese tenido el poder suficiente para arrastrar a cualquier hombre a perder los cabales, a conocer sus límites, a desatar sus demonios.

Ni Facundo sería el primer hombre en matar por una mujer, ni Manuel el último en morir por una. Lo que me cuesta creer es que su fantasma siga aquí en esta casa, que en realidad existiera. Así como me he negado antes a creer en todo aquello que no pueda comprobar.

Ya en la noche, a oscuras y en la cama, esperaba a que algo sucediera. La bombilla de la sala permanecía encendida y su luz se filtraba por entre las rendijas de la puerta, entonces escuché el crujido de una puerta que se abría y el gemir de sus cansadas bisagras me levanté de la cama silenciosamente y caminé en punta de pies hacia la puerta. Encorvé mi espalda y puse mis manos sobre las rodillas para evitar tocar la puerta, acercando mis ojos a una de las rendijas por donde se escurría la cálida luz. Vi que la puerta del cuarto de Rosalba estaba a medio abrir, pero no la veía a ella por ninguna parte; la sala estaba completamente vacía y silenciosa, con la excepción de los insectos incesantes y frenéticos que aleteaban alrededor de la bombilla. Acerqué mi rostro un poco a la puerta para intentar ver más y en el silencio escuché mi respiración. De repente, un cuerpo denso, impenetrable, se paseó ligero frente a mi puerta de un lado al otro, obstruyendo momentáneamente mi visión. Alejé mi rostro de la puerta al instante y contuve mi respiración, quedé inmóvil, confuso por unos segundos. Después, lenta y dudosamente acerqué mi ojo de nuevo a la rendija; todo seguía solo, quieto, callado. Entonces vi la viva figura de Rosalba deslizarse suavemente por el costado derecho de la sala, caminaba cerca del barandal, tan ligera, que no pude escuchar sus pasos. Llevaba puesto un vestido de dormir blanco, largo, con pequeños boleros en las mangas que le llegaban casi hasta el codo. Jugaba entrelazando sus manos por su cabello suelto, más vivo que nunca y más negro que la misma noche, peinándolo entre sus dedos; caminó por entre los muebles hasta sentarse en uno de ellos por unos minutos, enfocando su atención en los insectos y la bombilla sin parar de jugar con su cabello. Me pareció una adolescente absorta entre sus pensamientos y la realidad. Se puso de nuevo en pie y caminó a la esquina del pasillo que conlleva al lavadero, se detuvo ahí cerca de donde empezaban las sombras y miró hacia el oscuro pasillo como buscando algo en él, pero sin atreverse a entrar. El silencio habló, parpadeé repetidamente intentando enfocar mi vista y esperé. Entonces lo escuché, fuerte, claro, rotundo y pesado: «¡Shhhh!». Un escalofrío recorrió todo mi cuerpo, escuché el exhalar de alguien justo detrás de mí, casi a un lado mío, un suspiro tétrico y profundo, pero tan real que pensé sentir que su aire rozaba mi hombro. Sentí mis manos resbalar de mis rodillas, intenté mirar hacia atrás sin mover la cabeza, pero tras de mí todo era oscuridad; volví a mirar de nuevo a través de la rendija. Rosalba seguía ahí parada frente a el pasillo, jugando con su cabello.

Un golpe seco resonó en el interior de mi habitación, algo había caído al suelo, mis rodillas flaquearon y las apreté entre mis dedos. Rosalba también escuchó aquel ruido y se giró mirando hacia la puerta de mi cuarto, giré mi cabeza tan sólo unos grados y escruté con la vista entre la oscuridad en dirección a donde había provenido el sonido; era la esquina opuesta a mi cama, la más oscura de todas.

Rosalba empezó a caminar cerca de las barandas hacia mi cuarto, no supe qué hacer, me sentía atrapado, moverme era arriesgarme a que Rosalba escuchara mis pasos y se diera cuenta de que la espiaba; estaba paralizado y peor aún, me sentía acompañado. Sentía la presencia de alguien más en el cuarto y el peso de una fuerte mirada sobre mí entre la densa oscuridad. Rosalba se acercaba más a cada segundo y ahora podía escuchar sus pasos, me erguí en un esfuerzo casi sobre humano y caminé en punta pies hacia mi cama en total sigilo sintiéndome observado en cada uno de mis pesados pasos; no quise mirar hacia ningún costado del oscuro cuarto, tan sólo me moví en dirección fija intentando palpar en total silencio el borde de la cama, pero la distancia entre los dos parecía infinita. Al palparla me acosté con el mayor de los sigilos, entonces vi la sombra de Rosalba detenerse justo frente a la puerta cubriendo los débiles rayos de luz; estuve inmóvil, la imaginaba a ella acercándose a la madera intentando escuchar algún sonido a través de la puerta. Se dio media vuelta y se alejó dejándole el camino libre a los tenues rayos de luz. Esperé y esperé sin moverme, con los oídos afilados y la respiración fuera de ritmo, pasaron lentos y largos los minutos, tal vez fueron tan sólo dos o tres, entonces cubrí mi cabeza completamente como por instinto y me quedé así hasta sucumbir al sueño.

La mañana, un poco más fresca y sombría de lo normal, cantaba el canto de la lluvia. El desayuno transcurrió con cierta normalidad, con la diferencia de que Rosalba llegó tarde al desayuno y más callada que de costumbre, como absorta en sus pensamientos, perdida en otro instante, tal vez desilusionada. No sé por qué el chocolate caliente sabe mejor cuando la mañana es fría. Después del desayuno el cielo color ceniza se dejó caer en sutiles gotas que parecían desaparecer, el sonido de la lluvia al caer en las hojas de los árboles me desalentaba, así es que me recosté un rato en la vieja cama. Para después del almuerzo la lluvia había cesado, pero la casa aún seguía callada. Francisco y yo fuimos a la tienda por un par de cervezas, la música oxidada de aquel viejo radio parecía dibujarse en el humo de cigarrillo junto con el estallido feroz de las bolas de billar. Le pedí a Francisco que me contara más de sus historias de fantasmas y apariciones, una ligera obsesión alimentaba mi curiosidad. Narró entonces Francisco la siguiente historia así:

—Esto sucedió en Buga la Grande, donde un hombre y su mujer llevaban una vida normal y sencilla, tan normal como se les era permitido y tan sencilla como se les era posible. Una tarde, mientras la mujer lavaba ropa en el lavadero, se desplomó en el suelo sin motivo o señal alguna, el hombre corrió a socorrerla pero todo fue inútil, había muerto. Algo normal entre nosotros los vivos y todo lo que él hizo por evitarlo fue en vano, a los muertos no hay mucho que se les pueda hacer. Los rumores corrieron por todas las calles, algo también muy normal en todos los pueblos; su muerte fue tan repentina que tomó a todos por sorpresa, en especial a ella misma, tan rápido, que uno de los dos únicos doctores del hospital dijo que parecía que hubiera muerto antes de caer al suelo. Nunca se supo la causa de su muerte, el hombre aquel intentó continuar su vida en la ausencia de su mujer, pero no le fue fácil, contaba a sus vecinos cómo en repetidas ocasiones escuchó la voz de su mujer llamarlo por las mañanas desde la cocina, como acostumbraba a hacerlo cuando estaba viva. Algunos culparon a su imaginación por la reciente pérdida y las cosas no mejoraron. Empezó a escuchar el recoger y derramar de agua en el lavadero, como si alguien lavara algo, especialmente en horas de la noche y hasta pensó haber visto la figura de mujer deslizarse entre la cocina y la sala, entre el pasillo y el patio. A pesar de todos estos sucesos el hombre nunca cedió su cordura a ellos y prefería ignorarlos, hasta que un día no pudo más; sentado a solas en la sala de su casa mientras ojeaba un viejo álbum de fotos, sintió la presencia de su mujer a un lado suyo, como si estuviera allí acompañándolo, mirando las fotos junto a él, al punto de poder oler en el aire el aroma de su piel. «Nunca lo olvidaré» dijo el hombre acongojado, «fue uno de mis peores días, sentí como si la perdiera de nuevo, como si la perdiera dos veces» y empuñó las manos como hombre para llorar como un niño. Los extraños sucesos siguieron tomando lugar por cinco años, hasta llegar la fecha de la exhumación los restos, como es costumbre en los cementerios públicos; para sorpresa de todos, el estado de conservación del cuerpo de la mujer era algo sobrenatural, parecía tener meses de muerta y no años. Más asombroso aún era la posición del cadáver, que estaba hacia un costado con los brazos extendidos y no boca arriba con los brazos cruzados como había sido acomodada en el ataúd, dando la impresión de que ella misma se hubiese dado vuelta. La noticia llegó hasta los periódicos: «Mujer fue enterrada viva». Los extraños ruidos en la casa dejaron de escucharse después de esa fecha, cinco años después su mensaje había salido a la luz, cinco largos y fríos años después había hallado la paz. Para el pobre hombre fue todo lo contrario, la experiencia de saber que su mujer había sido enterrada viva lo torturaba al extremo, al pensar que mientras él lloraba su ausencia en la soledad de su casa, ella, tal vez horrorizada, se retorcía en el interior de aquel cajón de madera, gritando, llorando, suplicando, odiando, buscando un rayo de luz, mordiendo un poco de aire. «¿De qué murió?» se preguntaba «¿de asfixia, de hambre, de frío, de miedo?».

La imagen de horror de su rostro y del pelo entre sus uñas lo había destrozado y nunca se pudo recobrar.

Francisco terminó su historia diciendo que todo había sucedido mucho tiempo atrás, los conocimientos médicos eran diferentes a los de hoy, lo cual habría contribuido a que las cosas tuvieran tal fin. Sus historias añadían interrogantes a lo que sucedía en casa de Rosalba, pero era inevitable para mí el escucharlas.

El lunes, después de clases, intenté hablar con María pero se negó a abrir la puerta; el martes fue igual, yo sabía que ella estaba allí, que escuchaba mis golpes en la puerta, que me miraba tras las rendijas de la madera. Tampoco vi a Julián asomarse a la ventana aquellos días. El miércoles, después de cerrar las puertas de los salones, me di media vuelta, miré hacia la casa de María y pude ver que la ventana estaba entreabierta y que alguien miraba desde el interior a través de un reducido espacio; me acerqué sin perder de vista el limitado espacio y creí ver el rostro de Julián entre la oscuridad, pero al acercarme la ventana se cerró por completo frente a mí. Caminé hacia la puerta y levanté mi mano para golpear.

—¡No le va a abrir!

Miré hacia un costado persiguiendo aquella voz y vi a una mujer asomada a la ventana de la casa vecina, la saludé con un movimiento de mi cabeza.

—¿Para qué pierde el tiempo con María? No insista, ella nunca le va a hacer caso.

—No estoy perdiendo mi tiempo.

—Usted vino la semana pasada y el lunes y el martes.

—El que persevera alcanza.

—Hoy tampoco le va a abrir.

—¿Cómo puede estar tan segura, mi señora?—Tengo tantos años viviendo a un lado de María que ya ni lo recuerdo; además, yo sé todo lo que pasa en este pueblo.

—Al parecer todos saben lo que pasa en este pueblo, menos yo.

—Usted es forastero, joven; además, María es más terca que una mula ¿Para qué le insiste? —El problema es que yo también soy muy terco, mi señora.

—Así son todos los forasteros.

—Soy el profesor suplente.

—Da lo mismo, es forastero y es terco. Además, yo ya sabía que usted es el profesor; ya le dije que yo sé todo lo que pasa en este pueblo y conozco a María de Luto muy bien, mejor que nadie aquí y por eso le digo que no le va a abrir la puerta.

La mujer se adentró en su casa cerrando la ventana frente a mí como si fuera una costumbre en este pueblo. El jueves, Julián se asomó a la ventana justo a la hora de la salida de clases, habló desde ahí con algunos de los chiquillos, pero al ver que yo me acercaba a la calle se adentró en la casa y cerró la ventana; la vecina también estaba asomada a su ventana, no me detuve y al igual que los días anteriores me acerqué y golpeé a la puerta, pero nadie respondió. La vecina me seguía con su mirada y sonreía como queriendo decirme que me lo había advertido. Yo estaba decidido a hablar con María, pensaba que si tenía la oportunidad de convencerla de que dejara a Julián asistir a la escuela como los demás niños, estaría haciendo algo bueno por alguien en este remoto y descolorido lugar; aún hoy me pregunto si lo hacía por él o lo hacía por mí mismo, si en realidad me importaba su futuro, su felicidad o por mi ego personal de sentir que había hecho algo útil.

Esa misma tarde, tarde de cielos color naranja y de zumbidos de abejorros, me acerqué a la cocina para visitar a doña Olga; la brisa era fresca y abundante. Me sirvió un vaso de limonada fresca y al humo del fogón y el ruido de las tajadas de plátano maduro en la sartén conversamos un rato; me confirmó que Rosalba no había escuchado o visto señal alguna del fantasma de Manuel la noche del sábado anterior y yo no quise contarle nada de mi experiencia de esa noche.

Me contó entre otras cosas, que la primera aparición de Manuel había tenido lugar justo tres días después de su muerte y que el testigo había sido uno de los trabajadores de la finca. Sucedió que esa tarde el hombre aquel se encontraba a solas en el cuarto de la despulpadora de café, sumamente inmerso en su oficio; de repente, en su soledad se sintió observado, levantó entonces la mirada y vio a don Manuel en el marco de la puerta tan natural y colorido como siempre. En el afán del breve instante, el absorto hombre, sin titubeo alguno, saludó a don Manuel como era natural e instantáneamente retomó sus labores. Pasados escasos segundos se aterrorizó al caer en cuenta de que Manuel ya había muerto días atrás.

De esa fecha hasta hoy son varios los trabajadores de la finca y huéspedes que han contado y afirmado haber visto o escuchado al fantasma de don Manuel, incluyendo a quienes no tuvieron la oportunidad de conocerlo cuando estaba vivo. Llamó mucho mi atención el saber que la mayoría de las apariciones tenían lugar los sábados, por alguna extraña razón, lo cual explicaba la diferente forma de actuar de Rosalba durante esos días; lo hacía con la esperanza de aumentar sus probabilidades de ver o escuchar a Manuel.

Le pregunté entonces a Olga sobre la ocasión en la que ella había presenciado una aparición de don Manuel.

—¡Sí! Al patrón, que en paz descansé, yo misma lo vi con estos ojos que se han de comer los gusanos —dijo y prosiguió su historia diciendo: —Fue hace más de un año ya, lo vi recostado contra la baranda del pasillo de la cocina, mirando al cafetal como lo hacía todas las mañanas cuando se tomaba su café; yo salía del cuarto de la patrona, eran horas de la tarde y a través de la sala vi la figura de un hombre en el barandal. Primero pensé que era algún huésped, es muy normal tener a algunas personas alojada en la casa, un maestro o uno de los enfermeros que mandan de la ciudad; entonces recordé, joven, que ese día no había nadie hospedado en la casa. Atravesé la sala hacia el balcón para ver quién podría ser tal persona y cuando llegué al pie de la puerta de la cocina ya no había nadie en el barandal, el sujeto había desaparecido, se había esfumado. ¡Era el patrón, que en paz descanse!

—¿Podría haber sido uno de los trabajadores?

—No, joven, los trabajadores tienen prohibido entrar a la casa. Ellos, si mucho, llegan hasta el patio; además, ese era el lugar favorito del patrón, que en paz descanse. Ahí se tomaba su cafecito todas las mañanas y para completar, joven ¿por dónde más se iba a ir esa persona? tendría que pasar por un lado mío. Yo sé que ya tengo los ojos cansados, pero tendría que estar ciega del todo para no haberlo visto pasar por un lado.

Olga hablaba totalmente convencida de lo que decía, especialmente porque aquello también había pasado en un día sábado. Anexo a esa historia me contó de otra ocasión en la que salió por un breve momento de la cocina y al regresar encontró todos los cubiertos esparcidos sobre la mesa, sin que nadie más hubiese podido haber entrado a la cocina durante su ausencia.

San Lorenzo no aparece en el mapa, está olvidado y solitario en las verdes montañas, entre cafetales, platanales y guaduales, tendido al sol como si existiera en otro tiempo. Sus calles secas y tarjadas en ocasiones parecen tan desoladas que ni el viento se ve juguetear con el polvo, pero en otras ocasiones están llenas de ruidos de niños corriendo entre los andenes, de viejos radios derramando sentimientos en voces de pasadas melodías, llenas de ojos de mujeres asomadas a

43

las ventanas, esperando un no sé qué. Es un contraste tan agudo que confunde cualquier pensar, un purgatorio y un remanso, todo en uno mismo lugar; es el olvido y el recuerdo juntos. Si los fantasmas existen, si las almas en pena, los restos de otra vida, la fuerza que sostiene este andamiaje, si son reales y pueden hacerse presentes, obligándonos a cuestionar lo que somos, lo que seremos, lo que prosigue. Si son ciertos y tienen cabida en algún lugar de este ancho y enigmático mundo, estoy seguro de que ese lugar es aquí, en San Lorenzo.

Días atrás, mientras acompañaba a Uriel en su cuarto, recordé ver entre sus pertenencias personales una pequeña grabadora de casetes, similar a las que usan algunos periodistas. El viernes, durante las clases, hablé con Francisco para que convenciera al profesor Uriel de prestarnos su grabadora de casetes. Horas después, ya en la ligera soledad de mi cuarto, alguien llamó a la puerta; era Francisco, quien venia jugando con la grabadora entre sus manos.

—¡La conseguiste!

Él sonrió con exceso de confianza en sí mismo y entró en el cuarto.

—¿Cuál es el plan? —preguntó.

Cerré la puerta y tomé la grabadora entre mis manos.

—Es muy fácil, pienso grabar los sonidos del fantasma de don Manuel.

Francisco se sonrió.

—¿Le piensas hacer una entrevista al fantasma?

Se sentó en la parte baja de la cama mientras yo escuchaba y observaba cómo el colchón cedía al peso de su cuerpo, de la misma forma que lo había sentido y escuchado aquella lluviosa mañana.

—El sábado por la noche voy a esconder la grabadora en la sala y la dejaré grabando para registrar cualquier sonido extraño, se llama "una prueba de fenómenos electrónicos de voz" y la usan muchas personas en varios campos de estudio.

—¡Sí! Ya había escuchado de esa prueba antes, pero la verdad, no creo que funcione.

—¿Por qué?

—Esto es una finca, Martín, estamos en medio del campo. ¿Sabes cuántos sonidos extraños se pueden escuchar afuera, en la noche?

—En realidad, las noches en esta casa son muy calladas.

—¿Y usted cómo lo sabe?

—He estado observando.

Francisco se burló y se puso en pie.

—No sé por qué, pero ya me lo imaginaba. Bueno... mucha suerte, mi querido amigo caza fantasmas. Yo me voy a ver a Ángela, hoy es viernes, así que ya no la podré volver a ver hasta el lunes.

Cerró la puerta y se marchó. El profesor Uriel había accedido con la condición de que tan sólo deberíamos usar un lado del casete, específicamente el lado B. A solas entre mis cuatro paredes quise ensayar la grabadora, grabé de mi propia voz unas cuantas palabras y la dejé so-

45

bre la mesa de noche para intentar grabar algún sonido. Salí del cuarto por unos instantes y al regresar y detener la grabadora me di cuenta de que por error había estado grabando en el lado A del casete. Inmediatamente lo cambié de lado y la dejé lista para empezar a grabar.

La tarde agonizó apacible y serena, pero la noche fue toda de los grillos y las cigarras que cantaban a reventar bajo una luz de luna que se filtraba por todas las rendijas; la mañana del sábado no se quedó atrás, invadida por cantos de aves. Después del desayuno salí al balcón de enfrente, el jardín aún estaba bañado por el rocío. Miré en las tres direcciones de las únicas dos calles que dibujan a San Lorenzo, las ventanas y las puertas a medio abrir en uno de esos escasos días en los que este remedo de pueblo se mostraba vivo. Vi a María afuera de su casa, a mitad de la calle barriendo con su vieja escoba, unos pasos atrás estaba Julián jugando entre la tierra. No lo pensé más de lo necesario, entré en la casa y tomé las llaves de la escuela, salí y atravesé la calle pasando a un lado de María y Julián sin decir una sola palabra y sin tan siquiera mirarlos. Entré al salón y tomé un cuaderno a medio usar, una de las viejas cartillas y un manojo de colores y lápices medio gastados; atravesé la calle y me detuve frente a María. Ella levantó su nublada y enjuiciadora mirada del seco suelo y me miró a la cara.

—¿Qué se le ofrece, joven?

—Esto es para Julián, si él no puede ir a la escuela, tal vez pueda aprender desde su casa —dije mostrándole la cartilla y los colores,

Ella bajó la mirada y continuó barriendo como si yo no estuviera allí parado; le acerqué las cosas a Julián y las recibió entre saltos de emoción, estaba feliz y no podía ocultarlo. Regresé a casa con una pequeña victoria entre los bolsillos y me dediqué a disfrutar de una fresca tarde, tal vez la más fresca que había sentido desde que había llegado a San Lorenzo.

Francisco me convidó a la tienda por una cerveza, sentados en el andén vimos pasar bandadas de garzas que atravesaban el anaranjado cielo, mientras intentábamos hacer que el par de cervezas duraran un poco más.

—Martín ¿usted que piensa de Rosalba?

—Creo que oculta algo, no pienso que sea una mala persona, pero tiene sus secretos.

—Yo no me refiero a eso.

—¿Entonces?

—No me diga que usted no se ha fijado en ella, en su forma de caminar, en cómo mueve la cintura.

Francisco hizo una pausa, me miró de reojo y frunció el ceño; después volvió su mirada al infinito cielo y continuó:

—Esos senos exuberantes y ese pelo negro. No es mujer para cualquier hombre, es toda una hembra y ella lo sabe, por eso se mueve así, retadora, indomable. Usted debería de animarse Martín, yo he visto que ella le sonríe mucho cuando lo ve a usted.

—No creo que sea de ese tipo de sonrisas.

—Yo que usted lo pensaba Martín, en este pueblucho no hay muchos hombres que le den la talla a esa mujer; además, no tiene nada que perder.

Agaché la mirada hacia el suelo y sentí en la parte de atrás de mi cuello una leve tensión por el peso de mi cabeza, como si me pesaran los pensamientos. Sonreí, Francisco lo notó y dijo:

—Hablo en serio, Martín. Si usted no aprovecha la oportunidad, otro lo va a hacer.

Rosalba había pasado toda la tarde en su cuarto como el sábado anterior, tal vez descansando para poder estar despierta hasta altas horas de la noche; sólo salió de su cuarto llegada la hora de la cena. Al finalizar nos sentamos los cuatro juntos en la sala: Rosalba, Uriel, Francisco y yo, para degustar un buen café, mientras los últimos rayos de luz agonizaban en un cielo casi rojo, para darle paso a la noche que se tendió sobre la tierra como un manto oscuro e insondable. Ya después, en nuestros respectivos cuartos tras puertas cerradas, fuimos totalmente ajenos. Esperé unos minutos y supe que era el mejor momento, el más indicado; abrí la puerta intentando no ser delatado por el crujir de la vieja madera o los quejidos desalentadores de las bisagras. Sabía a donde dirigirme, me acerqué a una de las materas colgantes de la sala como lo había practicado varias veces en mi imaginación y escondí la grabadora cuidadosamente entre las ramas, asegurándome de activarla. Regresé a mi cuarto seguro de no haber sido observado, apagué la luz y me acosté sobre la vieja cama en donde desaté mis pensamientos sobre la grabadora en la matera y las palabras de Francisco en el andén de la tienda. Vivifiqué imágenes de esa noche en la sala durante el café, buscando señales ocultas en donde tal vez no estaban; una sonrisa, una mirada, tal vez un cruce de piernas o una frase, cualquier gesto innecesario que pudiera reforzar lo dicho por Francisco sin tener en claro si eran señales reales o simplemente estaba viendo lo que quería ver. Entonces escuché el abrir de una puerta, me levanté sigilosamente y caminé en punta de pies hasta mi puerta; me acerqué a las rendijas como lo había hecho aquella noche buscando con mi mirada y allí estaba ella, como una figura casi fantasmal deslizándose entre los muebles en su bata blanca de boleros. Esta vez mi mirada se fijaba en algo más que su cálido rostro y largo cabello negro, sin pensarlo, mis ojos buscaban penetrantes entre lo blanco y lo transparente de su bata; las curvas de su cintura y la forma de sus senos. Empecé a buscar, a querer ver en ella lo que antes no buscaba, lo que antes no veía. No me quise arriesgarme a ser descubierto, aunque me provocaba un extraño placer el poder observarla sin que ella lo supiera. Decidí volver a mi cama, dejarla a solas en su arraigado penar; con su imagen en mi mente me pregunté si tal vez el verdadero fantasma de aquella vieja casa no era otro que ella misma, y si no un fantasma, por lo menos un alma en pena encerrada en el cuerpo vivo de una mujer que se negaba a dejar morir el recuerdo de un amor o librarse del peso de una culpa y me quedé ahí callado, taciturno, esperando a que una vez más, llegara la mañana.

Tal vez nosotros seamos los fantasmas, los olvidados, tal vez seamos el olvido de aquellos que partieron, los escombros de lo que ellos pasan a ser. Ellos se van libres y ligeros, dejándonos monumentos de memorias y promesas, murallas de tristeza y llanto, y el vacío de un futuro incierto. Nos quedamos viviendo, queriendo, recordando. Aunque es egoísta, sé que muchos de nosotros preferiríamos partir antes que aquellos a quienes amamos. No porque pensemos que algo mejor nos espera al terminar o despertar de esta vida, sino más bien porque no queremos vivir el olvido, el dolor y el vacío que ellos nos dejarían si partieran primero, porque pensamos que ellos estarán bien sin nosotros estén donde estén, pero no sabemos cómo podríamos seguir viviendo nosotros sin ellos, cuando nos quedemos aquí olvidados.

Rosalba permaneció ahí sentada en la sala a solas, añorando y recordando quién sabe qué cosas, esperando lo que no parecía llegar nunca, acompañada de una serenata de grillos y cigarras y el ocasional zumbido de los zancudos. Yo, recostado en la vieja cama, me dejé arrullar en un sueño que parecía llegar a mí de otro mundo.

Desperté pasada la hora del canto del gallo sintiendo mis párpados pesados y con un sabor metálico en mi boca, pensé entonces en la grabadora de casetes e imaginé entonces que Rosalba se levantaría temprano como de costumbre y regaría las materas colgantes pudiendo encontrar la grabadora o peor aún, mojándola y echándola a perder. Salté torpemente de la vieja cama y abrí la puerta de mi cuarto, la sala estaba completamente sola, entonces recordé que era domingo y que Rosalba se levantaría tarde debido a su desvelo de la noche anterior; crucé prudentemente la sala hasta la matera, la grabadora continuaba ahí, tal y como yo la había ocultado, pero se había detenido probablemente al llegar al final de la cinta. Regresé al cuarto y guardé la grabadora en el interior del cajón de la mesa de noche, como si nada hubiese pasado.

Rosalba faltó al desayuno como lo había hecho el domingo anterior. Al terminar el desayuno, por azares del destino y sin intención alguna, escuché a Olga tener una discusión con dos trabajadores de la finca bajo la sombra del árbol de Nísperos, detrás del baño.

—¡Alguien tiene que decirle a la patrona! —dijo uno de los hombres.

—La patrona está indispuesta —respondió rudamente Olga.

—Pero a ella es a quien más le interesa —añadió el hombre.

Detuvieron la conversación al notar mi presencia y Olga les indicó que se marcharan, argumentando que ella tenía las manos muy ocupadas con los quehaceres de la casa como para ponerle cuidado a otras cosas. Fingí no haber escuchado parte alguna de la conversación, los hombres se marcharon y Olga regresó a su cocina.

Momentos más tarde me presenté en la cocina. Olga se mostró un poco intranquila al verme parado frente a la puerta, algo que no había sucedido antes con ella; le ofrecí mi ayuda en los quehaceres y la rechazó como me lo esperaba. Me preguntó si se me ofrecía algo y le pedí una limonada como pretexto a mi visita, buscando tranquilizarla, perpetuando ya la confianza construida entre los dos en conversaciones pasadas. Le pregunté lo que ella tanto quería que yo le preguntara para que ella me contara lo que ella tanto me quería contar.

—¿Pasó algo? lo pregunto porque la noto algo preocupada.

—¡Lo vieron, joven!

—¿A quién vieron? —pregunté cínicamente.

—¿A quién más va a ser? al patrón, que en paz descanse, se apareció anoche.

—¿El fantasma de don Manuel?

—El mismo.

Inevitablemente pensé en la grabadora de casetes y en la posibilidad de tener en mí poder una prueba de la existencia de tal fenómeno,

—¿Entonces doña Rosalba al fin pudo ver al fantasma de su esposo?

—No joven, ella no. El que lo vio fue uno de los trabajadores, se le apareció en el patio de al lado.

—¿El patio de atrás?

—Sí, joven...

Escuchar esto mermó un poco las probabilidades de que algo hubiera podido quedar grabado en la grabadora, pero aún así me interesé mucho por el suceso.

—¿A qué hora?

—Muy en la madrugada, como a las cinco; a esas horas ya andan levantados los recolectores, disque lo vieron caminando del patio al pasillo y atravesó el barandal como si fuera de humo.

—¿No será que se lo imaginaron? a esas horas todavía pueden estar medio dormidos.

Olga hizo un gesto de sorbio de inseguridad, se dio vuelta para bajar una de las ollas del fogón y después miró sobre mis hombros hacia la sala, la cual aún se encontraba desierta.

—No joven, Raúl es uno de los trabajadores viejos de la finca, él alcanzó a conocer en vida al patrón, que en paz descanse, y él respeta mucho a la patrona como para ponerse a inventar esas cosas.

—¿Raúl?

—Así se llama el trabajador que vio al patrón, que en paz descanse, y según recuerdo, no es la primera vez que él lo ve.

Olga comentó no estar segura de si debía enterar a Rosalba de lo sucedido, decía que cada vez que ella se enteraba de una nueva aparición del fantasma de don Manuel, se ponía mal por no haber sido ella quien lo presenció. Dejé a Olga sola entre sus labores y regresé a mi cuarto. Mientras el cuarto de Rosalba aún permanecía cerrado y en silencio, en la soledad de mis paredes secas y gastadas abrí el cajón de la mesa de noche, saqué la grabadora de casetes y sentado en la cama, atentamente y con encendida curiosidad, escuché la cinta de principio a fin dos veces, sin poder escuchar ningún sonido extraño que pudiera relacionar con el fantasma. Sabía que las horas en las que la grabadora había estado grabando no coincidían con la hora de la aparición, pero guardaba en mí la esperanza de escuchar en ellas algo más que los chillidos de los grillos y las cigarras.

Llegó la hora del almuerzo y el calor había aumentado considerablemente, me senté a la mesa decepcionado por no haber escuchado nada útil en la grabación, pero con curiosidad por saber si Rosalba ya se había enterado de la aparición. Ella se sentó a la mesa como si nada hubiese pasado y durante todo el almuerzo nadie mencionó una sola palabra sobre el suceso; después del almuerzo la casa entera cayó en pesado letargo, en un sueño que parecía detener el mismo tiempo. Decidí dejar las cosas así por ese día y esperar paciente a que el calor bajara con el lento caer de la tarde.

El lunes traía augurios que se veían dibujados entre las nubes, pero que rápidamente borraba el viento. Al terminar las clases guardé una copia de la lección escolar de ese día y al salir del salón me di cuenta de que las nubes aún estaban inquietas. Julián estaba asomado a su ventana despidiendo a sus amigos y un poco más abajo, también asomada a su ventana, estaba la vecina, aquella mujer que decía saberlo todo pero que miraba de un lado al otro de la calle como si no supiera nada. Crucé la seca calle y me acerqué a Julián, le pregunté si había usado la cartilla y los colores, emocionado me respondió que sí y dio un repentino salto hacia atrás perdiéndose en la oscuridad del interior de la lúgubre casa. Mis ojos aún no se acostumbraban a la penumbra del interior, así que me acerqué un poco más a la ventana; emanaba un aire frío con un fuerte olor a tierra y trapos húmedos, como el del interior de un viejo y olvidado baúl. Con el paso de los

53

segundos mi visión se acomodaba cada vez más a la falta de luz del interior de la morada, revelándome la realidad de una visión que conocía pero que había olvidado; la realidad de una pobreza casi absoluta de la que forman parte muchas otras personas. La única luz que iluminaba aquel triste lugar era la luz que orgánicamente se filtraba por las puertas, ventanas y las muchas otra grietas o rendijas; escruté en silencio de un lado al otro a lo que tal vez le podría llamar la sala de la casa, un espacio vacío en piso de tierra negra y árida, paredes construidas de bareque y boñiga agujeradas como un queso suizo y pintadas con cal. De la pared frontal colgaban dos viejos cuadros con fotografías en blanco y negro que parecían estar colgados ahí pagando algún castigo, como si fueran un símbolo del recuerdo y el olvido juntos, en una misma pared. También había un viejo y endeble banco de madera, tan sencillo como le era arquitectónicamente posible. Julián regresó, traía entre sus manos la cartilla, en la cual me mostró todo lo que había dibujado; lo felicité y le entregué lo que tenía en mis manos para él, se puso aún más feliz y no lo ocultó. Le pregunté por su abuela y tan sólo señaló con su mano hacia el patio.

Me despedí y me alejé pasando frente a la vigilante vecina, sintiendo cómo su mirada me seguía los pasos.

—Entre todos los extranjeros que he visto en este pueblo, creo que usted es el más terco de todos, joven.

Me di media vuelta para mirarla, en su rostro tenía trazada una ligera sonrisa, entre amistosa y aprobadora.

—El que persevera alcanza, mi señora.

—No se haga muchas ilusiones, joven, yo todavía pienso que está usted perdiendo el tiempo.

—Si es tiempo todo lo que tengo que perder, entonces no tengo de qué preocuparme.

Sonreí. Pensé en dar media vuelta y marcharme, pero, por el contrario, me acerqué un par de pasos más.

—Mi señora ¿le puedo hacer un pregunta?

—Dígame, joven ¿para qué soy buena?

—Usted me dijo saber todo lo que ocurría en este pueblo y conocer a María mejor que ninguna otra persona.

—¡Así es! Como la palma de mis arrugadas manos.

—¿Entonces podría usted decirme por qué María no deja que Julián vaya a la escuela como todos los demás niños?

—Porque las clases de la escuela son entre semana y María sólo permite que Julián salga a la calle los sábados.

—Es lógico que la escuela funcione entre semana, así funcionan en todas partes. ¿Pero por qué ella sólo deja que el niño salga a la calle los sábados?

—Porque de entre todos los días de la semana, el sábado es el único día en el que María de luto no ha perdido a un ser querido, al menos hasta hoy.

Llegó a mí, perdida y lejana, la voz de Francisco, quien me gritaba desde el frente de la escuela preguntándome cómo asegurar las cansadas puertas con los viejos y oxidados candados; regresé la mirada a la ambigua mujer que sonreía fría y serena.

—Vaya joven, mejor ayúdele a su amigo que lo último que me falta a mí ahora es otro forastero más aquí haciéndome preguntas. Ya con usted es suficiente.

Se adentró en su casa sin más palabras, cerrando la puerta frente a mí como si fuera costumbre en este pueblo.

Ya en la soledad de mi cuarto, mientras palidecían los minutos de aquella callada tarde, en mi cabeza crecían y se enredaban pensamientos, preguntas sin respuestas, entrelazando pistas y señales como agujas y puntadas. Recordé entonces que los dos únicos días en los que había vista a Julián lejos de su casa habían sido precisamente sábados, tal como lo había mencionado aquella mujer. Pensé en salir de todas mis dudas de una vez, en confrontar directamente a Rosalba, preguntar por la muerte de su esposo, por las apariciones de su fantasma en la casa, preguntar por María y Julián, preguntar por los secretos de esta casa y los misterios de estas empolvadas calles, y preguntar por qué cerraban las puertas y ventanas en mi cara. Pero sabía que esta no sería la mejor forma de esclarecer las cosas.

El patio que está a un lado de la casa sirve para la entrada de vehículos que durante las épocas de cosecha son cargados con costales llenos de café o en ocasiones racimos de plátanos verdes que después son transportados al pueblo para ser vendidos; un portal metálico casi siempre a medio abrir era la entrada al patio. Al costado contrario de la casa, los palos de café, un guayabo y un árbol de naranja lima formaban un cerco natural y daban una fresca sombra bajo la cual los pájaros y las gallinas se paseaban para comerse las guayabas maduras que caían al suelo y en busca de gusanos. Estuve esperando junto al barandal por la tarde, sabía que los trabajadores regresarían pronto de su jornada y que pasarían por ahí, entre el guayabo y el naranjo y sabía que Raúl estaría entre ellos. Uno a uno empezaron a desfilar apareciendo de entre las profundas y espesas entrañas de los árboles de café, tan ajenos a sí mismos, pero tan propios a aquel paisaje como la misma naturaleza que los rodeaba; sucios, sudorosos, cansados hasta los huesos, pero con la mueca en el rostro del deber cumplido, se gritaban amistosos insultos, se empujaban entre sí con una antigua hermandad. Esperé a que entraran a la despulpadora y que descargaran sus rebosados canastos y sus pesados costales. He aquí al verdadero dueño de la tierra, no porque la tenga escriturada, sino porque es parte de ella, porque la lleva en la piel. Hablar con un campesino es económico, tan sólo cuesta un simple saludo, algo que ellos nunca le negarán a nadie pues lo aprendieron desde pequeños de sus taitas, así como aprendieron a trabajar antes de aprender a caminar, a llevar el sol tatuado en su piel, a espantar males y demonios con rezos y bendiciones, a hablar con los animales, a conocer la fruta madura sin tener que arrancarla de su gajo, a distinguir los pájaros por su canto, a tomar licor amargo y acallar hambres. Están llenos de sabiduría, pero nadie los indaga; llenos de memorias, pero nadie los recuerda, son quienes más entregan y menos reciben. Hablé con ellos del día a día, de las jornadas, del clima y la cosecha. Dispuestos a compartir todo, desde una taza de café negro hasta un arrugado cigarrillo; dándome mucho de lo poco que poseen, me hicieron sentir más humilde. Regresé a la casa pues vi palidecer la tarde y no quise levantar sospechas, pues sabía que Rosalba me observaba por entre las cerradas ventanas; haber hablado con aquellos hombres y haber conocido a Raúl, me abría una puerta más a posibles respuestas.

Después de la cena gasté lo poco que quedaba de la luz del día junto a Francisco, recostados al barandal de la cocina con una taza de café en las manos, viendo cómo las garzas atravesaban un nostálgico cielo color naranja y escuchando el cantar de los papagayos a orillas de la quebrada. Francisco me contó de Ángela, de cómo su ilusión por él crecía más rápido y más profundo de lo que él mismo esperaba, mientras desaparecía ligeramente el interés por su ya existente compromiso ante las posibles fantasías de algo más de lo que le pudiera ofrecer este remoto lugar, del salir de aquí. Su hermano se había marchado mucho tiempo atrás y ahora vivía en Tuluá, ella quería marcharse a cualquier lugar que no fuera San Lorenzo. Francisco sólo veía en ella una aventura, tal vez lo único interesante en este pueblo, una piel joven y unos labios frescos casi vírgenes.

—Yo a ella no le estoy prometiendo nada, si se enamora es cosa de ella —dijo Francisco y después añadió: —Usted debería hacer lo mismo, Ángela tiene varias amigas, yo se las puedo presentar ¿o no será que a usted no le interesan las jovencitas sino que le atraen las mujeres maduras? usted sabe por qué lo digo, Martín.

—No lo sé, pero me lo imagino.

—Todas las mujeres tienen necesidades Martin, y los dos sabemos que ella ya tiene mucho tiempo de ser viuda; además, no me va a negar que a esa mujer los años le sientan muy bien.

—Eso no se lo puedo negar, ni aunque estuviera ciego.

—Ella siempre le sonríe a usted.

—Ella siempre le sonríe igual a todos.

—No se haga el difícil, Martín ¿o será que la que le gusta a usted es doña Olga?

—¿Cómo se le ocurre decir esas cosas, Francisco? Doña Olga podría ser mi mamá.

—O la mía ¿y qué? Jajaja. Lo digo porque ya lo he visto varias veces parado en la puerta de la cocina hablando con ella.

—Si hablo con ella es porque estoy averiguando sobre el fantasma de don Manuel.

—Martín ¿usted por qué mejor no deja ese asunto quieto? ¿o usted a qué cree que vino a este pueblo, a cazar fantasmas o qué? Además, esas cosas es mejor dejarlas quietas, mire que el que busca encuentra y a usted tal vez no le vaya a gustar lo que pueda encontrar; yo sé por qué se lo digo.

Francisco tenía razón en algunas de las cosas que decía. Esa noche, acostado en mi vieja cama observando la temblorosa y amarilla luz de la bombilla, medité sobre el peso de sus palabras. Yo no estaba ahí para cazar fantasmas ni para resolver misterios y en cuanto a Rosalba, no podía negarme a mí mismo que cada día la encontraba más atractiva, que su aroma me delataba su presencia, que su sonrisa me resecaba la boca, que empezaba a confundir sus amaneramientos con coqueteos, sus roces con caricias. ¿Acaso sonreía o sonreía para mí? ¿acaso miraba o me miraba a mí? ¿soy yo el cazador, o la presa?

Me resulta difícil creer que una mujer como ella no encontrara a otro hombre después de la muerte de su esposo ¿acaso sería su amor tan abismal e insondable como para no hallar olvido? pero si fuese así, jamás se hubiese involucrado con otro hombre cuando su marido aún estaba en vida ¿O acaso la culpa no le permite olvidar y cómo olvidar en un lugar en el que parece que se hubiera detenido el tiempo? Cerré los ojos por un momento y recordé la imagen de Rosalba caminando a mitad de la noche por la sala, con su bata blanca casi transparente y la forma de sus senos dibujados en la suave tela; sobre sus hombros caía su pelo negro que se deslizaba por su espalda hasta llegar al diseño de su cadera transformado por los montes de sus nalgas. Un golpe leve pero cercano retumbó en el interior de mi cuarto sacándome de aquel sublime trance; abrí mis ojos rápidamente y escruté el interior de lado a lado, pero todo permanecía inmóvil, hasta el mismo aire parecía haberse detenido. Escuché el frágil ruido de algo que rodaba, me senté en la vieja cama y vi cómo una pequeña batería rodaba por el suelo del cuarto hacia el centro, para detenerse a medio camino. Miré la mesa de noche, sobre ella la pequeña grabadora de casetes y la segunda de las baterías; recordé yo mismo haberle sacado las dos baterías a la grabadora y colocarlas ahí sobre la mesa, pero no podía explicarme cómo una de ellas pudiera rodar desde el centro de la mesa hasta casi el centro del cuarto sin razón aparente. La ventana y la puerta permanecían cerradas, tampoco pude sentir corriente de aire alguna en el interior del cuarto capaz de tal fenómeno; era casi como si alguien la hubiese empujado a rodar, alguien que no era yo.

Con el pasar de los días sentía que ganaba más la confianza de María. Todas las tardes al finalizar las clases, me acercaba a su ventana, ahí me esperaba Julián, como a mitad de una frontera entre dos mundos. Por varios minutos yo le predicaba sobre la doctrina del saber y él rebosado de curiosidad, escuchaba y cuestionaba todo; era un corto instante de infinito valor para él. Cada día las charlas duraban un poco más. María nunca se asomaba durante esos momentos, ni siquiera se acercaba a la sala, estoy seguro de que esa era su manera de aprobar lo que estaba pasando y aunque su presencia física no fuera directa, siempre la sentí cerca.

Llegó el viernes, era nuestra tercera semana en aquel pueblo del olvido. Al terminar las clases salí de la escuela, cerré las puertas y me despedí de Francisco y Uriel, crucé la calle hacia la casa de María como en los días previos, con la diferencia de que esta vez la vieja y endeble ventana estaba cerrada, sólo un pequeño espacio quedaba entre la ventana y el marco. Me acerqué a aquella abertura y sentí el aire húmedo y aquel olor a baúl viejo que emanaba del interior de la casa.

—¡Julián! —llamé hacia el interior.

—Julián soy yo, el profesor Martín.

El silencio callaba mis ligeras palabras y mi voz se perdía en el interior de la casa como si hablara al interior de una tumba, erguí mi espalda y levanté mi mano para golpear la ventana; súbitamente la misma se abrió hacia el interior sin tan siquiera darme tiempo de tocarla. Entre la oscuridad del interior pude distinguir el rostro de

Julián que se acercaba cabizbajo y callado, diferente a los días anteriores, instintivamente noté en su rostro que algo ocurría.

—¿Listo para aprender algo nuevo? —pregunté. Él tan sólo movió la cabeza en negación y después de un corto silencio dijo en voz baja:

—Mi abuela está enferma.

—¿Tu abuela? ¿Qué le pasa?

Subió los hombros y los dejó caer.

—Está enferma.

—Pregúntale si le puedo ayudar en algo.

—Ella no puede hablar, está quieta y le duele mucho.

Sus ojos húmedos y perdidos me acongojaron y su respuesta me preocupó.

—¿Quieres que entre para ver a tu abuela?

Julián, confuso y alterado por la situación, no respondió nada, tan sólo movía sus manos, inseguro. Yo sabía que el entrar en la casa de María de luto sin su autorización me podría generar problemas con ella y que estaría arriesgando el progreso que había logrado para con Julián hasta ese momento, pero me parecía que la situación ameritaba el riesgo. Logré convencer a Julián y crucé la vieja puerta. Al estar parado en el interior de la simple morada, una fuerte nostalgia y un vacío me invadieron hasta llegar a el tuétano de mis huesos; un cuadro aún más desalentador de lo que parecía a través de la ventana.

A mano derecha de la entrada había un pequeño y oscuro cuarto. En su interior, arrinconada contra una pared, estaba una colchoneta sin andamiaje, tendida con harapos y encima de ella los colores y cuadernos que yo le había obsequiado a Julián. A un lado, lo que parecía ser un pequeño banco o tal vez una endeble mesa y sobre ella un pocillo de metal en esmalte blanco marcado de golpes y hendiduras; al lado contrario de la cama, una abandonada bacinilla de plástico y unos cuantos trapos colgados de un cable de una pared a la otra. La desolación era demasiada hasta para un lugar tan pequeño. Continué y atravesé la puerta a lo que parecía ser el patio de la casa, a una imagen tal vez más desalentadora. No había mucho que ver, el lugar era angosto y lindaba justo hacia el cafetal trazado por varios pedazos de madera, queriendo simular una inútil cerca a medio terminar. A la derecha, una edificación de cemento que parecía ser el baño pero que carecía de techo alguno y estaba añadido a un lavadero; lo deduje por la humedad que se dibujaba en las paredes y la endeble manguera de agua que colgaba entre los dos. Al lado contrario, bajo un tejado de hojas de zinc y tres medias paredes, estaba María sentada en el suelo de tierra húmeda y tiznado, recostada contra una de las paredes como si estuviera dormida cerca de un rústico fogón de leña a medio morir, edificado con unos cuantos ladrillos. Sobre el fogón, una vieja y magullada olla. Me acerqué a María, su demacrada y pálida figura me conmovió profundamente; su escuálido cuerpo yacía inmóvil, apenas se notaban los movimientos de su débil respiración. Sus ojos hundidos y sus labios resecos invocaban la idea de estar viendo a un cadáver.

—¡Doña María! ¡doña María! ¿me escucha?

Con monumental esfuerzo giró un poco su cabeza e intentó abrir un poco sus ojos.

—¡Jacinto! Viniste Jacinto... —susurró y pareció caer de nuevo en un desmayo.

Puse mi mano suavemente sobre su hombro y la sacudí levemente. Ella pareció volver en sí y abrió los ojos, esta vez con un poco más de ímpetu.

—¿Usted qué hace aquí? ¿usted qué quiere? —dijo con frágil voz para después caer por tercera vez en un desmayo.

Le ordené a Julián que se quedara a un lado de su abuela, que no la abandonara; atravesé la lúgubre sala y salí a la calle, caminé unos pasos a casa de la vecina y golpeé apresuradamente la puerta. La serena mujer acudió a mi llamado y yo abruptamente, en pocas palabras, le conté lo que pasaba y le pedí auxilio. Entramos juntos a casa de María y la levantamos del suelo con poco esfuerzo, pues su escuálido y ligero cuerpo no ofrecía resistencia alguna y era casi igual de pesado al de un niño. El desconsuelo me invadió inevitablemente al sentir con mis manos los vivos y marcados huesos de sus costillas.

—Esta mujer está en el mero pellejo —dijo la otra mujer al sentir también entres sus manos ese frágil y triste andamiaje de huesos y piel.

La recostamos en la seca colchoneta de paja del húmedo cuarto. Escuché a Julián llamar a la vecina por su nombre, el cual yo ignoraba hasta ese momento: Doña Amparo.

Ella salió del cuarto y regresó minutos después con un pocillo de agua con azúcar y una cuchara. Del suelo del cuarto emanaba un fuerte olor a amoníaco difícil de ignorar; interrogué a Julián sobre el estado de su abuela intentando descartar los más obvios de los males, pero él no tuvo muchas respuestas. Por último le pregunté:

—¿Qué ha comido su abuela hoy?

—Nada —respondió de una forma tan orgánica, como si fuera algo de todos los días.

—¿Y tú qué has comido hoy?

—Nada... —Hizo una corta pausa, levantó los hombros y como si recordara algo, dijo: —Plátano.

Le pedí que me mostrara, me llevó afuera hasta el rustico fogón de leña y señaló la olla. En su hueco y vano interior reposaban dos pedazos de plátano maduro a medio cocinar. Afuera, en el suelo, unos cuantos plátanos más y tres papas secas y arrugadas, a las cuales les empezaban a brotar raíces. Por debajo del lavadero vi salir en lastimoso estado a una flaca y endeble gallina casi sin plumas, amarrada de una de sus patas a una estaca. Entendí que Julián no exageraba cuando dijo que tan sólo había comido plátano.

Julián aún seguía parado junto al fogón, yo lo observé pausadamente y como viéndolo a través de un cristal, encontré en él lo que a simple vista había ignorado; la compasión que emanaba de él, de sus sucias ropas, de su triste figura. Encontré vulgarmente desnuda ante mis ojos una clara realidad, la realidad de Julián, de su abuela, del vacío y desolado interior de aquella olla. María y Julián estaban enfermos los dos, enfermos de hambre, infestados de pobreza, contagiados de abandono; como muchos otros, sufrían del mal crónico de no ser nadie, de no poseer nada, de necesitarlo casi todo. Le pedí a Amparo que se quedara con María por un rato y salí atravesando la seca puerta y recorriendo las empolvadas calles con pasos ligeros hasta llegar a casa de Rosalba, crucé la sala adormecida por el calor de la tarde hacia la cocina, en donde me encontré con Olga.

—¡Necesito comida!

—No se preocupe, joven, ya pronto está la cena.

—No puedo esperar tanto, necesito algo rápido, algo con mucha sustancia, Olga, como una sopa o una aguasal.

—¿Y quién es el enfermo? —preguntó Olga con una mueca de gracia.

—María.

—¿María? ¿Cuál María?

—María de luto.

Olga pasó de la gracia a la sorpresa al escucharme nombrar a María de luto. Fui tan breve como pude al explicarle lo que sucedía y ella, tan objetiva como le era posible para reprimir mis acciones, me dijo que yo no debía de haber entrado a aquella casa, que era de mal agüero, que estaba maldita, y que cuando Rosalba se enterara no le iba a gustar.

—No le tiene porqué contar, Olga.

—No lo pienso hacer y ni falta que hace, joven, pero en San Lorenzo todo se sabe.

Entre regaños y advertencias, Olga accedió a mi petición y preparó algo tan rápido como le fue humanamente posible. Regresé a casa de María llevando un mendrugo, una aguasal, arroz y aguapanela. María empezaba a retomar conciencia y Amparo le dio de comer, también compartió algo de la comida con Julián, me aseguró que ella se haría cargo de todo pero que sería mejor que yo me marchara para evitarle un disgusto a María. Accedí y caminé de nuevo a casa por aquella árida y seca calle por la que tantas veces había ya caminado; una brisa fresca empezaba a tomar fuerza levantando el polvo dormido que reposaba ajeno a todo. Mientras mis sordos pasos pisaban la muda tierra pensé en mi hogar por primera vez desde que había llegado a aquel inhóspito lugar y extrañé el no estar cerca. Sentí tristeza, tristeza propia y tristeza ajena que me recorría toda esta carcasa de cuerpo hasta llegar a las manos; entonces la empuñé con suficiente ira para que no se escapara, pero con la necesaria suavidad para que no se me extinguiera entre las manos y la guardé en uno de mis bolsillos, pues presentía que en algún momento me haría falta.

Morirse de hambre es morirse de olvido. Es tener la barriga llena de desilusión, es morir oprimido por el desaliento y desilusión de entender que se es parte del olvido de un mundo que es ciego al dolor ajeno. La vergüenza me flagelaba con memorias de mis excesos, de mis alardes desperdiciando alimentos que otros necesitaban, de mi glotonería y mi gula, de mi pecado. En mis manos todavía podía sentir los agudos huesos de aquella mujer, un sentir casi fantasmal que no podía alejar de mi memoria. Había atravesado no sólo la puerta de la casa de María de luto, sino también la puerta a una realidad que ya nunca más me sería ajena.

Esa tarde en la casa de Rosalba, sentado a solas en uno de los amplios muebles de la sala, intentaba leer uno de mis libros y distraer mis inquietudes con dificultad; la tarde estaba más llena de vida de lo usual, los grillos y las cigarras cantaban con furor, de la calle llegaban ladridos de perros perdidos y de las nubes cantos de aves pasajeras.

—¿Cómo sigue María? —preguntó Rosalba mientras se acercaba a mí, me puse de pie, ella me sonrió y se detuvo cerca, peligrosamente cerca. No me sorprendió que ya supiera lo de María, en San Lorenzo todo se sabe, me dije a mí mismo; me sorprendía la inexplicable cer-

67

canía y su evocador aroma. Le hablé de mi preocupación por María y Julián, de la gravedad del caso, de mi ignorancia en el asunto; quería que ella entendiera mi sentir intentando no perderme en el profundo abismo de sus ojos claros.

—Lo mejor sería que un médico los viera a los dos —dije.

—¿Un médico? El doctor más cercano está en Quimbaya. A pueblos como este los médicos sólo vienen cuando es jornada de vacunaciones o época de votaciones en las que a algún político le da por mandar a alguien a escarbar votos por estos rincones. Tendría alguien que ir en persona y traer a un doctor o llevarlos a ellos hasta Quimbaya, pero a esa mujer no la saca nadie de ese rancho.

No sé si ella se acercó más a mí o si yo me había acercado a ella inconscientemente, pero sentí la distancia entre los dos disminuir. Bajó un poco su rostro y me miró de nuevo a la cara.

—No se preocupe Martín, que mala hierba nunca muere; ya va usted a ver cómo mañana María va a estar en pie como si nada hubiera pasado. Esa mujer es capaz de enterrarnos a todos nosotros.

—¿Cree usted eso, doña Rosalba?

—¡Claro que sí! Y para que usted esté más tranquilo, si quiere yo misma voy mañana y le hago una vista a la vieja María.

Puso su mano en mi hombro y la deslizó sutilmente dejándola caer. Era la segunda vez que sentía su piel, el gesto me reconfortaba y su mirar me confundía.

—Además, ya le he dicho Martín que no me diga doña, me hace sentir más vieja de lo que ya soy. ¿O es que le parezco muy vieja?

—Por supuesto que no —le dije intentando mirar tan profundo en sus ojos como me era imaginariamente posible. Sonreímos a la par.

Olga apareció junto al comedor para preparar la mesa, trayendo consigo todos los sonidos de la tarde que, sin darme cuenta, por un momento habían desaparecido.

El sábado en la mañana todo parecía normal. Durante el desayuno, estaban Uriel, Francisco, Olga, todos menos Rosalba. La encontraba diferente o tal vez la vela con otros ojos, con unos ojos que no parecían ser míos; la encontraba radiante, fresca, coqueta, bella, más mujer que cualquier mujer, más cercana que antes. La mañana era cálida y plácida, el seco calor del verano aún no se hacía sentir pero ya se anunciaba; salí a la calle temprano, llevaba zapatillas oscuras, pantalones anchos, camisa almidonada, una sonrisa de idiota y una bolsa con alimentos para entregarle a María. Apenas cruzaba el jardín y me asaltó la sorpresa de ver a María frente a su casa con su pañoleta azul envuelta en la cabeza y la escoba en sus manos barriendo el polvo de la calle. Julián estaba ahí corriendo de un lado de la calle al otro.

—Buenos días doña María ¿cómo se siente?

Amparo se asomó a su ventana callada, incierta, como si hubiera presentido mi presencia. María me miró por un instante, bajó de nuevo su mirada para continuar barriendo y dijo:

—Ahí joven, como puede ver todavía no me he muerto.

—Me doy cuenta de eso señora, pero ayer...

—Ayer fue ayer y hoy es hoy, si vamos a hablar del pasado yo ya me debería haber muerto hace muchos años, pero en este pueblo siempre hay algo que me lo impide.

—Este lugar es igual a todos, doña María y tarde que temprano a todos nos llega la hora —dije quizás intentando convencerme a mí mismo.

—Tal vez usted tenga buenas intenciones, joven, pero usted no conoce nada de este pueblo.

Se detuvo, posó sus dos manos al final del palo de la escoba, sus ojos grises me miraron penetrantes e inhaló como si percibiera algo oculto en el aire y dijo:

—Esta tierra está enferma, nació enferma y la gente de este pueblo también lo está; es un mal que se mete por debajo del pellejo, que se aferra a los huesos. Por las noches uno piensa que es frío, pero no, joven, es una peste, yo ya me he sentido morir aquí muchas veces y cada vez rezaba para que fuera la última, pero aquí ni rezar sirve. Al principio no sabía por qué no me moría, pero ahora ya sé por qué no.

Giró su mirada hacia Julián. No supe qué decir, tan sólo le pedí que aceptara la bolsa con los alimentos y los recibió con poca emoción.

—No tenía que molestarse, joven.

—No es ninguna molestia, que pase un buen día.

Ella asentó con su cabeza. Julián gritó desde donde estaba: «Profesor» levantando la mano. Yo le sonreí y me di media vuelta. Amparo permanecía ahí.

—Buen día, profesor.

—Buen día, señora.

Asenté y caminé a casa. Al llegar encontré un jeep estacionado a la entrada del patio, un viejo Willis modelo 84; de entre los pasajeros se bajó un hombre joven, moreno, de contextura alta y firme. Se despidió de los demás, entró por la puerta del patio y el auto se alejó dejando atrás una nube de polvo. Atravesé el jardín y después la sala. Sin intención alguna pude ver a Rosalba conversando con aquél sujeto de una manera familiar, como si ya se conocieran de antes. Los escuché reír. Fingí no haber presenciado nada y caminé a la cocina, Olga me saludó antes de que llegara a la puerta, me ofreció una limonada y preguntó por María de luto.

—Como si no le hubiera pasado nada —respondí.

—¡Esa mujer tiene más vidas que un gato! —exclamo Olga. Yo le pregunté por el extraño que acababa de llegar a la casa, ella miró por entre la puerta y dijo: —Ah, ese es Rómulo.

—¿Rómulo?

—Sí, uno de los recolectores, viene de Circasia. Siempre se aparece cuando hay cosecha.

—Pero no estamos en cosecha.

—No, pero de seguro la patrona le da cabida, lo conocemos desde muy joven y ya se le tiene confianza; además ya él se conoce muy bien estas tierras. Yo sabía que alguien iba a venir hoy a la casa.

—¿Y cómo lo sabía?

—Esta mañana se había metido a la casa un cucarrón verde, de los grandes, estaba dando vueltas por la sala.

Sonreí.

—Yo sé que usted no cree en esas cosas, joven, pero téngalo por seguro que es la pura verdad; es más, uno de esos mismos cucarrones estuvo volando por la casa el día que ustedes vinieron.

—Si usted lo dice, doña Olga.

Cualquier conversación con Olga estaba inundada de anécdotas, agüeros, bendiciones y sonidos onomatopéyicos que avivaban las historias. Después de la cena me sentí cansado y fui a mi cuarto, Uriel tenía su radio prendido y las melodías de los tangos atravesaban finamente las delgadas paredes: "Por una cabeza", "Sur", "Lágrimas de sangre". Todavía era temprano y la luz exterior, aunque débil, se filtraba por entre las rendijas de la ventana; me recosté en la cama envuelto en reflexiones y un cansancio como lejano se fue apoderando de mí. Dormí profundo y aislado de toda realidad, olvidando por completo que era la noche del sábado, la noche en la que podría observar a Rosalba una vez más recorriendo la sala y los corredores, recostada en la baranda o sentada en un solitario mueble cubierta por su pena, su desahogo y su bata blanca de boleros. Me perdí de su silencioso caminar, de su entallada figura bañada por su negro pelo bajo la amarilla luz de las bombillas. Esa noche olvidé que tenía una razón para desvelar al sueño.

Al despertar me sentí agotado, dolorido y sin fuerzas, como si en vez de haber dormido hubiese escalado la cima de una montaña, El levantarme en ese momento sería agotador, al punto de preferir, en caso tal, dar vueltas hasta caer al abismo y reincorporarme del suelo. Miré el reloj y aún no daban las ocho, demasiado temprano para un domingo. «¿Acaso el domingo no estaba hecho para descansar?» pensé y dormí un poco más.

Cerré los ojos por unos minutos y ya habían pasado más de dos horas. Cuando la mente duerme el tiempo vuela y aunque aún me sentía sin energías ni estímulos, recordé una frase de Gabo que decía: "Si Dios no hubiera descansado el domingo, habría tenido tiempo para terminar el mundo".

Decidí incorporarme al día y ponerme de pie. Salí de casa con el tiempo necesario para llegar a la capilla justo cuando todos empezaban a entrar. Busqué con la mirada en el interior de aquel pequeño recinto decorado por imágenes de santos y velones a medio gastar, comparando entre esos rostros acongojados por sus viejos pecados, el calor de la tarde y el humo del incienso a uno que se me hiciera familiar. Encontré a Amparo sentada casi a mitad de las filas, me acerqué y me senté a su lado.

—Buenos días, doña Amparo.

—Buenos días, joven. No sabía que usted venía a misa, es la primera vez que lo veo aquí.

—Siempre hay una primera vez para todo, vengo en busca de respuestas.

—Espero que las encuentre, joven.

—Yo también, y es por eso por lo que quiero hablar con usted.

Amparo me miró y frunció el ceño como queriendo interponer distancia entre los dos con su mirada. El cura salió y dio inicio a una ceremonia corta. Al salir de la capilla varias de las personas se despidieron de mí, era normal que ya me estuviera dando a conocer por parte de los alumnos; caminé despacio dando tiempo a que se dispersara la renovada muchedumbre para poder acercarme a Amparo.

—Si hubiéramos sabido que se iba a aparecer por aquí, lo hubiéramos esperado, Martín.

Escuché una voz conocida entre la multitud. Era Rosalba acompañada por Uriel.

—Fue algo de último momento —respondí.

Ellos insistieron en que camináramos juntos a casa, a lo cual no me pude negar para evitar levantar sospechas. Al llegar a la fachada presumí el quedarme afuera a fumar un cigarrillo, esperé recostado en la pared mientras los demás regresaban a sus casas. Entre las ultimas personas vi caminar a Amparo con un velo claro que le cubría la cabeza.

—¿Cómo le pareció el sermón, doña Amparo?

—Igual al de todos los domingos. Y usted, joven ¿encontró las respuestas que buscaba?

—Precisamente para eso es que la estoy esperando, doña Amparo.

—¿Y qué le hace a usted pensar que yo voy a tener las respuestas que usted busca?

—Usted misma me dijo que usted sabia todo lo que pasaba en este pueblo mejor que nadie ¿ya no lo recuerda?

Amparo soltó una mueca, se acomodó el velo y dijo: —¿Y qué es lo que quiere saber?

—Que me cuente sobre María, su historia. Al parecer todos la saben menos yo.

Se subió al andén escapando del sol, buscando la sombra y con los ademanes debidos del asunto comenzó a narrar la historia como si todo hubiese pasado ayer, con la simpleza de quien cuenta un chisme y no una tragedia, pues eso y solamente eso podría ser la historia de María, una tragedia bañada en lágrimas, envuelta en dolor y pena.

«María ha estado en este pueblo desde siempre, no hay nadie aquí que no la conozca, que no tenga memoria de ella. Vivía en una de las tres fincas de la parte alta: "La Floresta". La más grande de todas, la más linda. Les pertenencia a dos hermanos: Jacinto Vidal y Gerardo Vidal. Jacinto, el esposo de María y Gerardo, el cuñado. La tierra era vasta, se trazaba desde la loma alta al platanal y bajaba hasta los cañaverales. Era mucha tierra hasta para los dos hermanos, Gerardo decidió irse a vivir a la capital dejando a Jacinto a cargo de las tierras. María y Jacinto tenían cuatro hijos y todos vivían juntos en la casa grande. Las desgracias le comenzaron a llover a María cuando se le murió el menor de los hijos, tenía cinco años la criatura; el niño se perdió una tarde y lo buscaron por toda la casa, hasta por debajo de las piedras. Cuando al fin lo encontraron estaba flotando en uno de los tanques de agua. El tanque no era muy hondo, pero para que alguien se ahogue, con un vaso de agua basta. El niño se había atorado debajo de la batea, en donde no llega ni la luz del sol. Pasados un par de meses, Lucía, la única hija hembra entre todos los hijos de María, resultó embarazada. Se rumoró que de entre todos los de la familia, quien peor tomo la noticia fue la misma María, que llegó al punto de echar varias veces a Lucía de la casa, algo que nunca permitieron sus hermanos. Lucía tenía apenas diecisiete años y el futuro papá del niño era uno de los recolectores de café de la finca, que lo único que tenía para ofrecer para el sustento de la criatura y de Lucía eran su lomo y sus manos llenas de callos. Jacinto era un hombre paciente y de mucha fe y convenció a María de que la criatura que Lucía esperaba no era un bastardo como ella lo llamaba, sino que era una bendición que el señor les había enviado por la muerte de su último hijo. Pasaron meses de abundancia y de buenas cosechas hasta que a Jacinto le llegaron las malas noticias de la capital. Sin decirle nada a nadie, su hermano Gerardo había vendido todas las tierras a uno de esos ricos de la capital. Intentaron contactarse con él, pero fue en vano. Jamás supieron de él ni del dinero de la venta. La familia tuvo que desalojar y con lo poco que tenían construyeron la casa en la que hoy vive María, si es que se le puede llamar casa a ese rancho. Antes lo era, pero el tiempo y el descuido la han venido deteriorando. Lucía dio a luz en esa casa y fue la misma María la que la asistió en el parto. Yo también estuve ahí cuando esa criatura dio sus primeros gritos. Lo llamaron Julián, el mismo nombre que tenía la criatura que se les había ahogado en el tanque y que para esos días ya casi cumplía un año de muerto. Ese año, cuando se terminó la cosecha, muchos trabajadores se marcharon; entre ellos el papá de Julián, que se fue en busca de más trabajo para poder ayudarle a Lucía con la criatura. Como muchos otros que se van del pueblo, el muchacho nunca más regreso ni se supo nada de él. Después de varias conversaciones, Jacinto pudo convencer al nuevo dueño de las tierras de que le permitieran a él y a sus dos hijos hombres seguir trabajando en la finca. Nadie conocía esa tierra mejor que ellos y al parecer se habían resignado con facilidad a ser simples trabajadores de la tierra de la que antes eran dueños.

«En la parte alta de la quebrada los matorrales a veces crecen mucho y le pueden llegar a uno hasta la cintura. Jacinto se llevó a uno de sus muchachos para desyerbar toda la parte alta. Esa mañana la humedad estaba más sofocante que nunca y el sudor se metía por los ojos; al llegar a la parte alta los dos hombres se pusieron a dar machetazos, uno cerca del otro, con el sudor cayéndoles por chorros. Cegado y caluroso, en uno de esos roces el muchacho le mochó la mano derecha a Jacinto de un sólo golpe, a machete limpio, como decimos por acá y ni cuenta se dio hasta que vio a Jacinto arrodillado en el suelo teniéndose el brazo contra el pecho. Se arrancaron los dos a caballo para Quimbaya como almas que lleva el diablo, bañados en sangre y con el brazo de Jacinto en una estopa, todavía empuñando el machete. Creame, joven, hay muchos aquí que preferirían morirse antes de tener que ir hasta Quimbaya a caballo, pero cuentan que Jacinto no se quejó por nada, ni el camino ni en el hospital. Él era de los últimos berracos que dio esta tierra. En el hospital los doctores le salvaron la vida, pero no le pudieron salvar el brazo. Dicen las malas lenguas que cuando el doctor le dijo a Jacinto que no había nada que hacer por el brazo, Jacinto, lo único que le dijo a el doctor fue que entonces por lo menos le devolviera el machete. Había perdido mucha sangre, los doctores le insistieron en que se quedara en el hospital varios días, pero al otro día ya estaba de vuelta en su casa. A veces, cuando cae agua, cae a chorros, joven. Jacinto se murió a los varios días en su cama, ardido en fiebre por una gangrena. María ni durmió ni comió, pendiente de él día y noche hasta el último de sus suspiros. A la familia le tocó vender casi todo para poder enterrar a Jacinto en Quimbaya, en donde habían enterrado al hijo que se les ahogó. Aquí en San Lorenzo ni cementerio tenemos. Los que pueden llevan sus muertos a Quimbaya o a Armenia y los que no pueden, pues no pueden. Aquí lo único que tenemos es iglesia, porque pueblo sin iglesia, no es pueblo.

«Aunque Jacinto nunca le echó la culpa a su hijo, el muchacho sí se la refregaba él mismo a diario y se pasaba las tardes en la tienda tomando cerveza hasta que se quedaba dormido en el andén. Una noche, cegado de rabia y aterido de cerveza, cogió el mismo machete con el que le había mochado la mano a su taita y fue a La Floresta despertando a todos con gritos e insultos y ordenando que le entregaran la finca, que le regresaran a su familia todo lo que les habían quitado. Los gritos se podían escuchar aquí en el pueblo, los perros ladraban y se escucharon también dos disparos. No se supo muy bien lo que pasó, pero los que vieron al muchacho esa noche dijeron que parecía un demonio, que hasta los ojos le parecían echar candela. Yo conocí a ese muchacho desde muy joven y le aseguro que no era ningún demonio, era un buen muchacho y rígido como una guadua. El caso fue que el muchacho amaneció tendido a un lado del camino con dos agujeros en el pecho que le reventaron por la espalda y con el machete empuñado en la mano. Con el paso del tiempo María iba perdiendo todo, hasta las ganas de vivir; ya no era la de antes, cada día se veía más vieja, más cansada y su pelo se empezó a tornar gris. No estaba tan vieja, pero el dolor la estaba envejeciendo antes de tiempo. En la casa ya no les quedaban ni los muebles. Tuvieron hasta que prestar dinero para enterrar al segundo hijo de María. Entre toda esa miseria fue que aprendió a caminar Juliancito. Apenas habían pasado dos semanas de la muerte de Jacinto y unos días de la muerte del muchacho, cuando su último hijo decidió irse para Alcalá a buscar trabajo, pues en la finca ya no lo quisieron recibir más después de lo que había pasado con el hermano. Usted sabe cómo son las cosas, joven. María no se opuso a la idea y no parecía causarle ni tristeza ni alegría. Pensé que era que ya se estaba volviendo de palo la María, pero no era así. Lucía lavaba ropas en las fincas para ganarse algo de comida y siempre que iba se llevaba a Julián, no lo dejaba con la abuela, pues a María no le hacía mucha gracia la criatura. Una tarde, María llegó a mi casa y sin más ni menos me dijo que estaba encinta, a mis cuentas tendría tal vez unos dos meses, pero no pasó de ahí. El niño no venía bien y ella ya estaba muy mayor para esas cosas. La verdad es que ni sé cómo fue que quedó encinta, pero casos se han dado. Jacinto le había dejado otro recuerdito antes de irse, pero desafortunadamente no le llegó a pelechar. María tuvo un aborto en mi casa, yo misma la ayudé y ella misma enterró a la pobre criatura detrás de la casa. Perdió otro hijo y sin tan siquiera haberlo conocido. Ni Lucía ni su otro hijo lo supieron. Ya con este eran tres hijos que se le iban a María. Con los días empezaron a recibir dinero de parte del hijo que se había ido para Alcalá. A veces dinero, a veces mercado que mandaba con el recorrido. María me contó que el muchacho ayudaba a administrar una cantina en el pueblo y que le iba muy bien. Julián seguía creciendo y María finalmente y poco a poco le empezó a coger cariño. Con Lucía siempre fue muy seca, pero entre las dos se acompañaban para pasar las penas. A la muchacha todavía la cortejaban algunos de los muchachos de por aquí, todavía estaba joven y era bonita, pero ella nunca le hizo caso a nadie más. Recuerdo muy bien que un Jueves Santo vinieron a buscar a María a la casa y le dijeron que le tenían una razón con el chofer del recorrido. Las malas noticias llegan así nomás, sin aviso; habían matado al único hijo varón que le quedaba. Con la noticia María se desplomó al suelo y la tuvieron que llevar cargada hasta la casa. Para mí que la cordura y el corazón ya no le estaban dando para tanto sufrimiento, ya se le estaba rebosando de penas el alma. Diecisiete puñaladas le dieron al muchacho. Según dicen, con la primera puñalada fue que lo mataron, las otras dieciséis se las dieron por gusto; usted sabe cómo son en esos pueblos calientes, el muchacho no le hacía mal a nadie. Cuentan que todo pasó porque sacó a la calle a un borracho que le había pegado a una de las mujeres que trabajaba en la cantina, pero al fin que ese era el trabajo del muchacho. Al parecer el borracho estaba cegado por esa mujer y en su ceguera volvió esa misma noche acompañado de otro sujeto y entre los dos apuñalaron al muchacho dejándolo tirado a un lado del orinal, ahogándose en su propia sangre. El dueño del local se encargó del entierro del muchacho porque le tenía cariño y lo enterraron en el cementerio de Alcalá, lejos de sus otros tres difuntos. Enterrado entre extraños y sin nadie quien lo visite.

«Las dos mujeres habían quedado solas con Julián y la pobreza llegó a tal punto que a veces se veía a Lucía pidiendo comida de casa en casa. La poca tierra que tenían parecía seca y cansada, nada les pelechaba y hasta los animales se les morían. De vez en cuando yo también les ayudaba con algún plato de comida, pero no es mucho lo que uno puede hacer. Hace un año ya que se murió Lucía, como por las fechas de las elecciones, lo recuerdo muy bien y si me lo preguntaran yo diría que fue la muerte que más duro le dio a María. No sabría decir si fue porque sentía remordimiento de haber sido tan seca con esa pobre muchacha o porque se dio cuenta de que se había quedado sola y sin la ayuda de nadie. A Lucía la mordió una culebra que estaba escondida en un racimo de plátanos. Caminó desde el cañaveral hasta la casa y cuando llegó ya casi se venía arrastrando. María la acostó en el colchón y me fue a buscar, la escuche golpeando la puerta a palmadas; cuando María me toca la puerta así, a mí se me revuelve el estómago porque sé que algo malo pasa. La muchacha se retorcía y botaba espuma por la boca cuando yo la vi, como si estuviera endemoniada. Mientras Lucía agonizaba en el mismo colchón en que se murió su taita, Julián jugaba con las gallinas en el patio. Cuando llegaron con un carro prestado para llevar a la muchacha al hospital, la pobre ya estaba más tiesa que un palo; le limpié la carita, pálida como una hoja de papel, pero tranquila, serena y bonita como siempre. Era la muerta más bonita que he visto hasta hoy. Aquí todos dicen que María de luto está loca... Yo sé que no, pero razones no le faltan».

Al terminar de escuchar la trágica historia de María, algo me apretaba el alma. No creo que alguien pudiera escuchar tal historia sin sentir lástima. Su desalentadora figura inspiraba ahora más compasión en mí y su apodo adquiría más sentido. María, la mujer que lo perdió todo, la mujer que tiene el alma en luto. Amparo me aclaró que cada uno de los seis familiares de María habían muerto en diferentes días de la semana y que el sábado era el único día en el que, hasta hoy, no había perdido a un ser querido.

Empujada por los tristes eventos de su pasado y en su forma de ver la vida, María había creado un tipo de augurio por los días de la semana, evitando salir a la calle cualquier día que no fuera el sábado, condena que ella también le había impuesto a Julián.

—¿Cuántas historias más guardaba San Lorenzo? ¿cuántas Marías, cuantas Rosalbas, cuantas tragedias y fantasmas entre estas viejas y arrumadas casas? ¿cuánta sangre y cuántas lágrimas bajo el polvo de estas calles? Si alguien no se había olvidado de esta tierra, ese alguien era el dolor. El dolor se paseaba por estos tejados secos, se metía por los agujeros de aquellas averiadas ventanas y se arrastraba por estos tarjados andenes. Suficientes tragedias, historias, memorias y olvidos como para escribir un libro.

El lunes el calor fue sofocante, tal vez es más caliente de todos los días desde que habíamos llegado al pueblo. Las polvorientas calles parecían hervir y los tejados aún más. Las personas se refugiaban en el interior de las casas con las ventanas y las puertas abiertas de par en par, invitando a que la brisa se paseara a través de los rincones para aliviar un poco el padecer. Después de las clases, Francisco y yo fuimos a la tienda por un par de cervezas. La mesa de billar estaba sola y el ventilador que colgaba sobre ella se movía en un baile como tentando a caerse, haciendo un chillido adormecedor; la radio sonaba y su música parecía distante, como de una lejanía casi infinita. Compartimos una mesa con dos hombres más, eran dos trabajadores de la finca de Rosalba, quienes nos habían reconocido al entrar al establecimiento. Hablamos de los temas más útiles que tuvimos a disposición: el calor y la brisa, la música del viejo radio, el lunes, los lujos de ser pobres, de la cosecha y por supuesto, de las cervezas. También compartimos dos chistes y cuatro cigarrillos, los últimos que le quedaban a Francisco. Entre los temas me di a la inquietud de preguntar por don Manuel, no por cómo era en vida, pues al parecer todos compartían la misma opinión de lo bueno y correcto que él había sido, sino de preguntar por su muerte y por las apariciones del fantasma.

—Ese día desde temprano ya sabíamos que alguien se iba a morir —dijo uno de los hombres y prosiguió con brevedad:

—Lo digo porque esa mañana muy temprano escuchamos al tres pies cantando en el guayabo. No lo pudimos ver, pero lo escuchamos clarito.

—A mí la verdad nunca me cayó muy bien el Facundo, siempre le tuve desconfianza y me parecía muy confianzudo con la patrona. Se creía muy hombre, pero era una sabandija —añadió el otro hombre y por un momento estuvimos callados, como si un silencio conocido se hubiera posado frente a nosotros. Tan sólo el chillido del ventilador se podía escuchar en el salón, acompañado de la leve melodía de fondo del viejo radio.

—¿Y el fantasma?

El silencio continuaba ahí como si nadie hubiera escuchado mi pregunta. Tan sólo lo que se escuchaba era el chillido del ventilador y una voz que se escapó de la vieja radio y decía:

«Sonia, Sonia, tus cabellos negros.
En sueños mil veces besé yo.
Nunca yo podré olvidarte.
Tú, del Volga eres bella flor».

No pude pensar en una mejor canción para aquel extraño momento que la de "El fantasma de un amor" en la voz de Julio Jaramillo.

Uno de los hombres miró al otro como queriendo con su mirada pedir autorización antes de hablar, el otro hombre miró la mesa y con esfuerzo en su voz, dijo: —A doña Olga y a la patrona no les gusta que se hable mucho del asunto, pero todos la hemos visto a ella buscándolo por las noches, esperándolo.

—Pero dicen que ella nunca lo ha visto.

Los hombres nos comentaron que lo que sucedía en aquella casa no era secreto para nadie en el pueblo y hasta uno de los vecinos juraba haber visto a el fantasma de don Manuel recostado contra la puerta principal del frente de la casa días después de su muerte. Una tarde, cuando el vecino pasaba por enfrente del jardín y giró su mirada hacia la casa; vio la figura de Manuel recostado contra uno de los lados de la puerta, como solía hacerlo cuando estaba vivo. El sujeto saludó a Manuel como le era natural, pero al no recibir respuesta alguna continuó su camino algunos pasos. Después recordó que Manuel ya había fallecido días atrás, corrió hasta la tienda y aterrorizado les contó a todos los presentes lo que le acababa de ocurrir. Ese fue uno de los primeros rumores del fantasma, pero no el único. Se contaba que en el interior de la casa sucedían muchas cosas extrañas, muebles que se movían solos, cajones que se abrían, las materas colgantes columpiándose sin razón ni dirección, bombillas que se prenden y se apagan en el cuarto de despulpar café y hasta algunos hombres verazmente contaban haber escuchado la voz de don Manuel llamarlos entre los cafetales. Algunas personas en el pueblo creían que era el espíritu de don Manuel que no podía descansar en paz y que la casa estaba embrujada, otros culpaban a los duendes de los sucesos, pues se murmuraba que entre los cafetales vivían duendes a los que les gustaba hacer este tipo de maldades.

—¡Yo creo que es un duende! —exclamó uno de los hombres y prosiguió contando:—En una finca de Finlandia pasaba lo mismo. Escondían los machetes, tumbaban los canastos cuando estaban repletos de café y la ropa que estaba extendida en el secadero la arrumbaban toda en un rincón o la tiraban al piso. Así son los duendes y a veces hasta los escuchaban reírse a carcajadas de las maldades que hacían. Son engendros del diablo y hasta peligrosos.

Duendes o fantasma, una cosa o la otra, lo único claro es que algo sobrenatural ocurría en casa de Rosalba. Eran muchas las personas que afirmaban haber presenciado algo fuera de lo normal y a tal punto que algunos trabajadores se habían marchado de la finca por la misma razón y otros preferían evitar el lugar por completo. La tertulia se extendió hasta llegada la tarde cuando empezaba a desaparecer el sol y el insoportable bochorno de aquel seco día. Francisco y yo caminamos juntos hacia la casa dejando a los pintorescos sujetos en la tienda. Mientras caminábamos enfrente de la reja grande del patio de a un lado de la casa, vimos al nuevo trabajador, el tal Rómulo, que había llegado un par de días atrás, hablando con Rosalba. Él a viva voz y con gestos muy amplios contaba quién sabe qué historia; ella, recostada en las barandas, relajada y absorta en sus palabras, se reía ampliamente.

—¿Lo ve, Martín? sí usted no quiere, otros sí. Mejor aproveche, no sea que se vaya a quedar con las meras ganas —dijo Francisco mientras sonreía con una mueca indudablemente burlona.

Esa noche después de la cena, a solas en el interior de mi cuarto, no podía dejar de pensar en ella. Arduo trabajo había sido el enfocar mi atención durante la cena teniéndola a ella frente a mí. Como si aquello fuera poco, ahora asaltaba mis pensamientos a la distancia. Cada día era más fuerte mi interés por ella y momentáneamente me sentía correspondido; sentía su mirada fijarse en la mía y su atención ignorar a los demás para enfocarse sólo en mí por breves lapsos de tiempo. No estaba seguro de si lo imaginaba o si existía una verdadera conexión entre los dos. Por instantes me empezaba a disgustar la aparición de aquel nuevo infiltrado y de cómo él también gozaba de la atención de Rosalba.

Miré en el interior de la mesa de noche y encontré la grabadora de casete. Los recientes eventos con María y Julián habían desviado mi atención sobre este asunto. Retomé la grabación justo en donde la había detenido y escuché la cinta hasta su final sin encontrar sonido alguno que pareciera fuera de lo natural. Desanimado al no haber encontrar prueba alguna que esclareciera un poco mis sospechas, le di media vuelta a la cinta para dejarla justo como la había recibido, más recordé entonces cómo, sin intención alguna, había grabado sobre el lado prohibido de la cinta por unos minutos cuando dejé la grabadora sola en mi cuarto. Dejé que corriera la cinta buscando el lugar preciso para detenerme. Esporádico, confuso y sin conexión alguna, surgió del silencio un leve murmullo; pensé en ignorarlo, pero mi mano impulsiva detuvo la cinta como un reflejo casi mecánico. La retrocedí unos segundos y la reproduje de nuevo. Lo escuché otra vez, era ronco y envuelto en una frágil estática, parecía más bien un susurro ajeno a todos los demás sonidos. Repetí el proceso de nuevo, pero esta vez con el volumen tan elevado como le era mecánicamente posible a la grabadora y tan pegado a mi oído como me era humanamente posible a mí. Incontroladamente di un jalón hacía atrás al oírlo esta vez tan claro y tan cerca; era una voz, o más bien el susurro de una voz. Era tan real y humano como tan extraño y misterioso. Parecía llegar de un lugar lejano: «Alba...».

Sentí el erizar inevitable e incontrolable de los vellos de mis brazos y mi espalda y el acelerar de mis palpitaciones. Seguí escuchando la grabación y pude identificar claramente los sonidos de mi regreso al cuarto, mis pasos, los quejidos de la cama al sentarme, el abrir y cerrar del cajón de la mesa de noche. Todo era tan claro y vivo que dificultaba más el ignorar aquel extraño susurro. Me di cuenta de que aquella voz había quedado grabada segundos antes de mi regreso al cuarto, en un lapso muy corto de tiempo, haciendo imposible para lo que la creara el salir del cuarto sin pasar frente a mí. O tal vez nunca se había marchado, quizás había permanecío ahí a mi lado durante ese tiempo y tal vez aún lo estaba. Creció intempestivamente en mi memoria el recuerdo de la mañana aquella en la que sentí que alguien o algo se sentaba la vieja cama junto a mis pies y me envolvió el mismo escalofrío que había sentido en aquella ocasión y la funesta idea de pensar que tal vez no me encontraba completamente solo en aquel lugar.

No fue fácil conciliar el sueño esa noche, ni recuerdo en qué momento conseguí quedarme dormido. Al despertar, la mañana estuvo llena de interrogantes, enigmas y recelos entre la voz de la grabación y la imagen de Rosalba que empezaba aparecer con más constancia y sin aviso alguno entre mis pensamientos. Procuré enfocar mi atención en las clases de ese día y mis labores entre ellas y el encuentro con Julián, que ya formaba parte de mis días. Teníamos un acuerdo silencioso, recíproco y mutante entre los tres: yo lo visitaba a él después de clases, a veces en su ventana, a veces sentados en el andén. Le enseñaba algo diferente cada día y antes de partir les dejaba algo de comida. María accedía callada a las visitas desde el interior de su casa y así me permitían sentirme cada día más aceptado. Los saludos de Amparo eran cada vez más amenos y sus muecas se tornaban amigables.

Un martes por la tarde, estábamos Francisco y yo recostados en el barandal que daba al patio de un lado, observando en silencio cómo las gallinas buscaban gusanos entre las guayabas caídas y escarbaban lombrices de la tierra; testigos también de cómo uno a uno aparecían desfilando los trabajadores que llegaban de su jornada, cansados hasta los huesos, sucios, sudorosos, pero con una alegría y una resignación natural y heredada. Cargando entre sus manos y sus lomos canastos y estopas repletos café, parecía como si ellos mismos estuvieran brotando de entre los árboles y los matorrales.

—¡El novio de Ángela ya se enteró! —dijo Francisco mientras exploraba el patio de una esquina a la otra con su perdida mirada.

—En algún momento iba a pasar, Francisco, en estos pueblos no se queda nada escondido —le dije.

—Ella dice que él es hombre de temperamento templado, pero la verdad a mí eso no me preocupa.

—Debería de parar ese jueguito ya. La gente de estos pueblos se toma las cosas muy a pecho. Además, usted ya consiguió lo que quería. Piense también que en cualquier momento nos tenemos que ir de este pueblo.

—¡En eso tiene razón! ya pronto nos vamos de este morirero y por la misma razón es que usted se tiene que apurar con Rosalba si no quiere que alguien más lo haga, en vez de estar cazando fantasmas, Martín.

—Precisamente de eso le quería hablar hoy.

Francisco frunció el ceño y escupió al suelo una pequeña rama que había estado mascando tortuosamente.

—¿Ya, Martín? No me diga que ya se le hizo con la viudita.

—No hombre... no me refiero a Rosalba, me refiero al fantasma.

—¿Otra vez con el mismo cuento? usted no se cansa de buscarle la quinta pata a el gato ¿no?

Francisco se agachó al suelo buscando una nueva rama para mascar, yo me agaché a un lado suyo, lo miré y le dije: —Ya lo escuché.

Francisco se burló, tomó una nueva rama, se la llevo a la boca y se puso de nuevo de pie.

—Lo escuché en la grabadora de casete.

—No me diga que su experimento ese de grabar los sonidos sí funcionó.

Detalle a detalle le conté todo lo que había sucedido con la grabadora de casete, también pensé en contarle a Olga, pero decidí esperar un momento más adecuado para hacerlo. A solas en mi cuarto escuché de nuevo la grabación un par de veces buscando algún otro sonido fuera de lo común; entre más lo escuchaba más claro me parecía aquel susurro: «Alba...». Pensé que tal vez aquella palabra tenía relación con el alba o amanecer, invocando quizás algún suceso que tuvo cabida en el pasado durante la mañana o algo que podría aún no haber pasado, como una especie de premonición o simplemente era aquel un momento del día que guardaba un significado especial en el pasado de don Manuel.

Durante la cena intenté no mostrarme distraído, pero no pude evitar el perder mi consciente por un momento mirando calladamente hacia el interior de la cocina. El tibio salón de paredes ahumadas iluminadas por una bombilla amarilla que les añadía un tono sepia casi melancólico. Desde el fogón de leña se escapaban furiosas las pequeñas motas de madera ardiente de un color anaranjado vivo que explotaban desde la raíz de los leños ardientes y se extinguían solemnemente en el tibio aire, para desaparecer. Rosalba lucía fresca como lluvia primaveral. Desde mi destierro a una corta distancia que parecía perpetuamente lejana, imaginaba el aroma embriagador que escapaba de su piel madura; aquel vivo color y las delicadas marcas de los años en su piel y esa postura señorial truncada por una sonrisa coqueta de colegiala, hacían de ella la figura de una amalgama casi perfecta entre madurez y juventud.

Después de la cena, Rosalba y yo nos quedamos sentados en la sala para tomar un café. El negro líquido en nuestras pequeñas y delicadas porcelanas lo consumíamos lentamente, como queriendo que nos durara toda la noche. Intenté mantener mi juicio neutro ante las miradas y los gestos un poco más que amigables que Rosalba por momentos mostraba, lo hacía por mi propio bien, pues sabía con certeza que la ilusión tiene sus consecuencias. Después de los temas superficiales como los libros y el verano, pasamos a los más profundos como lo son la soledad, el imperdonable tiempo, la sordera de Dios, la ceguera del corazón y la tortura de los deseos que se nos escapan por cobardía. Le pregunté si era feliz y me dijo que tal vez lo fue y no lo sabía. Me preguntó si yo era feliz y le dije: «Tal vez lo soy y aún no lo sé». Una polilla voló frente a los dos en un torpe y cansado viaje buscando la cálida luz amarillenta de la bombilla. Ella dijo que había creído tenerlo todo. pero lo había dejado escapar de entre sus manos, y sin perder a la polilla de vista añadió con suave voz: —La vida es frágil como el aletear de una mariposa y puede cambiar de rumbo en un abrir y cerrar de ojos.

—De eso nadie tiene la culpa.

—Tal vez no, o tal vez sí...

Lo dijo entre dientes, apenas logre oír sus palabras mientras ella miraba fijamente a la amarilla bombilla como si al igual que la polilla, ella también se sintiera atraída por su cálida luz.

—Será mejor que me vaya despidiendo, ya se está haciendo un poco tarde —dijo y yo precipitadamente le contesté:

—Yo con usted sería capaz de quedarme hablando hasta el alba.

Me miró a los ojos y su mirada parecía perdida en un viejo recuerdo.

—Alba... así me decía mi esposo de cariño.

Sonrió y se marchó con un delicado e íntimo "hasta luego". Esa noche, en mi viejo y duro colchón, dormí como entre nubes sin pensar en otra cosa que no fuera en ella.

La mañana del jueves estaba inundada de trinos de pájaros que no podía ver, en la mesa del desayuno me esperaba un fresco y oscuro café de un insondable fondo y un vigoroso pedazo de pan. Francisco altivo, Uriel ligero y Rosalba lejana, ausente, intocable como las nubes de esa mañana, tan distinta a la noche anterior, casi como si fuera otra persona. Algo había pasado.

Después del desayuno vino la calle, la esquina, las casas, ventanas medio abiertas, tejas tendidas al sol y luego, el salón, los niños, la campana, María y Julián. Y al regresar a casa, la calle y el polvo, los remolinos del viento y el volar de las garzas. Caminé a casa como cargando un vacío denso en mi interior que me obligaba a llevar los brazos caídos, cual si pesaran más de lo normal. Al entrar a la sala vi a Rosalba y a Francisco parados junto al barandal, ella regaba sus materas colgantes y se reía vigorosamente de las cosas que Francisco le decía; me saludaron y retomaron su momento. Yo me encerré en mi cuarto pues me sentía agotado, me tiré sobre el viejo colchón que no parecía ya hecho de nubes, pero que igual era acogedor.

Escuchaba sus risas y voces arrastrarse por debajo de la rendija de la puerta, al parecer el humor de Rosalba había cambiado por completo de la mañana a la tarde. Allí, desterrado del mundo y envuelto en una ligera paz, llegó a mi pensamiento el ignorado fantasma de don Manuel; era como si algo lo trajera a mí con todas las preguntas e inquietudes que él encerraba. La tarde comenzaba a morir, el pensamiento del fantasma rodeaba mi cabeza y la voz de Rosalba resonaba en mis oídos. Entonces, como un disparo en la oscuridad, atravesó mi mente la lógica envuelta en una sola palabra: «Alba...». Alba, Alba. la voz del fantasma, la evidencia sonora que había dejado grabada, no significaba algo, significaba alguien.

Era ella, era Rosalba tal como ella misma me lo había confesado la noche anterior y que yo, bajo una miel ilusoria, ignoré: «Así me decía mi esposo de cariño», fueron sus palabras.

No tuve duda de la conexión ni de la veracidad de las pruebas, era Manuel y la estaba llamando a ella.

Y así llegó el día quinto, el día de Venus y en el amanecer la bóveda celeste parecía hacer alusión a aquella diosa de la belleza con un azul pálido y nostálgico de pocas nubes. Más tarde, justo al medio día, la hora en la que se esconden las sombras, llamó a la puerta de la escuela un mozo de piel trigueña en busca del profesor Uriel, venía de parte del recorrido y traía consigo una carta. Las noticias venían de la ciudad y anunciaban que tan sólo nos quedaríamos una semana más en San Lorenzo. Al terminar las clases, el imponente cielo se había tornado oscuro, las sombras ahora se asomaban por todos los rincones de las calles como reclamando su existencia, inmensurables, y a la distancia se precipitaban nubes negras de aquellas que cargan diluvios en su interior. No me quedé con Julián esa tarde por la clara amenaza de lluvia, pero le entregué una libra de arroz crudo al pasar por la ventana y le dije que nos podríamos ver en la mañana.

Escuché a Francisco llamarme desde el lado contrario de la calle. Cuando lo vi caminaba airoso hacía mí, dejando atrás a Ángela sola y visiblemente confusa, junto la puerta de la escuela. Caminamos juntos hacia la tienda ignorando la lluvia venidera y las señales del viento, pues Francisco había dicho: —Es viernes, Martín, sería pecado irnos para la casa sin tomarnos tan siquiera una cerveza. Además, tengo algo para contarle.

Yo me dejé llevar, pues algo en mí me decía que era preciso que estuviera ahí. Aparte de la tormenta que se avecinaba y de la tibieza del aire, todo parecía normal; el tendero detrás de su estante, el endeble ventilador dando vueltas. Un jugador solitario en la mesa de billar, fruncía sus cejas con la mayor de las concentraciones, calculando en su imaginación las más perfectas figuras geométricas y haciendo estallar las bolas a fuerza de brazo con un sonido inconfundible para mis oídos. El viejo radio, esta vez con un volumen más bajo de lo habitual, pasaba de porros a bambucos y de tangos a guascas.

Antes de que pudiera tomar el primer sorbo de cerveza, Francisco ya había empezado a narrar los infortunios. Ángela seguía muy asustada después de que su prometido se hubiera enterado de que había algo entre ella y Francisco. Ella lo negó todo ante su prometido, desde el más mínimo rumor hasta la más evidente de las pruebas, de la forma más natural que le fue femeninamente posible y ensayó en él embelesos, gestos, caricias y hasta las más antigua de las artimañas que le habían sido heredadas, pero él era terco como la mula y estaba cegado por los celos y la ira, la cual apretaba entre los puños y que de momento dejó salir frente a ella con un par de amenazas, reclamando lo suyo y protegiendo su orgullo de hombre: —Lo mío es mío y de mí no se burla nadie...

Palabras más, palabras menos que había escupido esa tarde con profunda furia y que temerosa, Ángela le había contado a Francisco. Ella sabía que pronto nos iríamos del pueblo y quería que Francisco la llevara consigo, quería irse con él lejos de San Lorenzo. Estaba cansada de este pueblo muerto y no le importaría dejar todo atrás. Le pregunté a Francisco qué pensaba hacer. Él, irónicamente, me dijo que nada, que tan sólo era cuestión de llevar las cosas con calma por unos días más y ya después todo sería historia del pasado.

Cuando la cerveza llegaba a su final y se nos extinguía el segundo cigarrillo, entraron al establecimiento dos hombres extraños. Eran hombres del campo, eso estaba claro; jóvenes, morenos, lánguidos, con el sol tatuado en la piel. De botas pantaneras, machete en la cintura y sombrero volteado. Se recostaron contra el mostrador y pidieron dos cervezas mientras saludaban al tendero con nombre propio y voz sonora. Sin mucho esfuerzo me di cuenta de que nos miraban de reojo y se hablaban en voz baja, era casi inevitable para mí, pues los tenía de frente desde mi silla mientras que Francisco les daba la espalda. Saludaron también al jugador solitario de la mesa de billar y se tomaron sus cervezas en un par de sorbos.

Francisco intentó mirarlos disimuladamente sobre sus hombros, pero sin mayor esfuerzo o interés. Los hombres caminaron hacia la puerta y mientras lo hacían me miraron directo a la cara haciendo una leve venia y con una sonrisa algo inquietante. Salieron a la calle y se detuvieron justo frente a la puerta. Las primeras desesperadas gotas de lluvia empezaban a caer fulminantes. Uno de los hombres lanzó un fuerte grito al aire sin razón aparente y emprendieron camino.

Nosotros decidimos saldar nuestra deuda con el tendero y nos acercamos a la barra. El jugador solitario nos seguía con la mirada, tornando su atención entre nosotros y la puerta, como esperando a que algo esporádico sucediera. Al salir a la calle no pude ver a los extraños sujetos por ninguna parte, las calles estaban desiertas, las infinitas gotas descendían furiosas y veloces sobre la tierra como Kamikazes líquidos que se estrellaban contra toda la existencia levantando polvo de la tierra y retumbando en los secos tejados. Caminamos a casa y al pasar junto a la reja del patio a un lado de la casa, pude ver a Rómulo salir del pasillo justo detrás del cuarto de Rosalba con paso apresurado. Austeros pensamientos e incógnitas empezaban a nacer en mi mente, pero la prisa bajo la lluvia no me permitió detenerme a pensar, simplemente bajé la mirada y apresuré el paso sintiendo el golpeteo le las gotas sobre mis hombros. Al llegar al jardín levanté la mirada y entre la confusión de la lluvia pude ver con claridad la figura de un hombre recostado contra la puerta principal de la casa, la cual permanecía abierta como de costumbre. Estaba ahí erguido e inmóvil, casi como si fuera parte de la casa misma. Busqué con las manos el mojado hierro de la cerradura de la reja, pero no la pude palpar; agaché la mirada para buscarlo y pude abrir rápidamente la reja. Francisco y yo entramos al jardín, me di media vuelta y al volver a mirar hacia la puerta principal, la figura de aquel hombre había desaparecido por completo, tan sólo estaba Francisco parado junto a la puerta. Me quedé inmóvil bajo la lluvia por un instante, Francisco me miró y dijo: —¡Martín, camine hombre! ¿qué hace ahí parado mojándose? se va a enfermar.

Caminé lentamente hacia el corredor, buscando con la mirada en el entorno la misteriosa figura de aquel hombre que había desaparecido.

—¿Qué le pasa Martín, qué está buscando? parece que hubiera visto a un fantasma.

—Parece que sí —respondí en voz baja.

Entramos a la casa. La sala estaba desierta, pero desde la cocina llegaban las voces de Rosalba y Olga.

—Me voy a cambiar la camisa —dijo Francisco.

Yo me dirigí a mi habitación y al entrar me recosté de espaldas contra la puerta cerrada, profundamente confundido y absorto por lo que acababa de pasar. De repente, la pequeña ventana del cuarto se abrió frente a mí bruscamente, de par a par en un sólo estruendo y el viento se precipitó en el interior furioso, envolviendo todo en el interior y tirando algunas cosas al suelo. Era él, era Manuel. Estaba ahí en el interior del cuarto, lo podía sentir, casi lo podía escuchar y era a él a quien había visto parado junto a la puerta. Atravesé rápidamente el cuarto y cerré la ventana con toda mi fuerza y me quedé quieto con las manos sobre la vieja madera que vibraba inquieta. El silencio y la calma regresaron al pequeño cuarto momentáneamente y pude escuchar las voces de Rosalba y Olga que atravesaban la vieja pared. Miré hacia la pared y después hacia el suelo mientras retiraba mis brazos de la ventana, intentando retomar la calma.

Escuché el crujir de la cama. Era un sonido seco que tortuosamente llegaba a mis oídos reafirmando en un segundo eterno todas mis pesadillas. Un escalofrío me recorrió entero al revivir la mañana en la que sentí a alguien sentarse en la cama junto a mí. Era el mismo sonido, en el mismo lugar.

Supe que él estaba ahí sentado en la cama como aquella vez. Pensé en decir algo, tal vez llamarlo por su nombre o quizás tan sólo disimular con algunas palabras sin razón ni sentido; tal vez un canto, pero un nudo me oprimía la garganta y un puño me apretaba el corazón. Me temblaban los labios y escuché las voces de Francisco y Uriel a través de la puerta. Me calmé un poco al recordar que no estaba solo en la casa y pude recuperar en algo mi cordura. Entonces, en un sólo movimiento y sin desviar la mirada, me di media vuelta y abrí la puerta de par a par, de un solo jalón. Francisco, Uriel y Rosalba estaban reunidos en la sala conversando. Al verlos recuperé aún más el sentido y el valor. Uriel, al verme abrir la puerta exaltado, me llamó:

—¡Martín!

Miré hacia el interior del cuarto y todo permanecía callado y vacío, pero de alguna forma su presencia había estado ahí, de eso nunca tuve duda.

Pasé la tarde en la sala con los demás. Olga se despidió esa día y se fue a casa de su familia, no volvería por un par de días. Rosalba se encargó de servir la cena durante la cual yo no lograba concentrar mis pensamientos en otra cosa que no fuera lo sucedido a la entrada de la casa y en el interior de mi cuarto. La lluvia había cesado, pero una humedad bochornosa había invadido el ambiente. A pesar de la humedad y la casi intolerable aparición de los mosquitos, todos los demás parecían disfrutar de aquella velada; los escuchaba reír y hablar, pero sus palabras tan sólo parecían un eco lejano y confuso en el divagar de mis pensamientos. Pretendí ser también parte de la tertulia con sonrisas forzosamente dibujadas de vez en cuando, pues no quería llamar la atención del grupo. Intenté vagamente visualizar la imagen del hombre aquél, estando seguro de que nunca antes lo había visto en el pueblo ni en ningún otro lado y de que en la casa no había nadie más aparte de nosotros. La imagen llegaba a mi recuerdo algo borrosa y confusa, pero el blanco de su camisa y su postura gallarda permanecían claros en mi mente.

Tomamos el café en la sala, bajo la amarillenta luz de las bombillas, pues la oscuridad había consumido por completo la luz de la tarde. Opté por no mencionar ni una sola palabra delante de ellos sobre lo sucedido esa tarde, pensé que no era el momento apropiado y también estaba seguro de que ellos ya había notado algo diferente en mi comportamiento esa noche, aunque ninguno lo dijera. Inesperadamente me empecé a sentir agotado y débil, tal vez era simple cansancio o tal vez había sido la lluvia. Se me escaparon un par de bostezos furtivos y miré hacia mi cuarto. La puerta a medio abrir y el negro interior callado e insondable invocaban en mí terroríficos pensamientos de que tal vez él aún estaba ahí, en el infinito limbo interno. Tal vez parado en una esquina, aún sentado en la cama o tal vez observándome a través de la densa oscuridad. Quizás mirándonos a todos juntos, quizás tan sólo a Rosalba o tal vez mirándome a mí.

Pensé que él esperaba por mí, que entrar en el cuarto en ese momento significaba inevitablemente entrar en contacto con él, que sentiría su presencia, que me tocaría, que lo escucharía de nuevo sentarse en la cama o susurrarme al oído: «Alba...». Tal vez sería mejor contar todo ahora, en este preciso momento, que los demás se enteraran y negarme a entrar en el cuarto de nuevo. Con un esfuerzo sobrehumano de mi conciencia, invoqué a mi cordura y a mi valor. «Los fantasmas no existen», me grité desde los profundos pasillos de mi cráneo. «Todo esto no es nada más que una sugestión sin sentido y todo tiene su explicación y su razón, ya no soy un niño y si a alguien le debo de temer es a los vivos, no a los muertos». Soy un hombre se ciencia, de ciudad, de razón y no podía dejar que un lugar olvidado y lleno de mitos, como éste, cambiara mi pensar de razonamiento y sentido.

Me puse de pie y les pedí a los demás que me disculparan, pues el cansancio físico había sosegado lo mejor de mí. Me dirigí hacia el cuarto erguido, valeroso y crucé la puerta sin pensarlo dos veces, sabiendo que era observado por los demás. Rápidamente encendí la luz reanimando el interior del cuarto silenciosos y en total normalidad. Minutos más tarde, ya en mi cama y con la luz apagada, escuché la voz de Uriel al despedirse. Rosalba y Francisco continuaron en la sala, los escuché reír un par de veces pero mi atención estaba enfocada más en el interior del cuarto que en el exterior. Poco a poco mis pesados párpados fueron cerrándose, hasta perderme sin remedio en un profundo sueño.

Al despertar observé los rayos de luz que se colaban por entre las rendijas y las doradas motas de polvo que flotaban en una ligera armonía. La casa entera estaba en un inusual silencio y sólo el canto lejano, pero ya familiar de las aves, llegaba a mí. Ni por un sólo momento esa mañana tuve pensamiento alguno sobre el fantasma, era como si aquel tema no existiera. Al salir a la sala la casa entera parecía dormir envuelta en una extraña pausa. En la mesita de la sala aún estaban los pocillos de café de la noche anterior, algo poco usual. Caminé hacia la cocina y al encontrarla completamente desierta recordé que Olga estaba ausente y que lo estaría por el resto del día, lo que explicaba el austero silencio y las tazas de café aún en la mesa. Me serví de un café trasnochado y caminé hacia el lavadero, me lavé el rostro con agua fría, divisé hacia el solemne y casi infinito paisaje verde, vi a Rómulo atravesar el patio de a un lado y me saludó con una amplia sonrisa y levantando la mano. Yo respondí de igual manera el saludo. Escuché un ruido que provenía del interior del cuarto de Rosalba y pensé que estaría por ponerse de pie. Atravesé una vez más la desolada sala y salí al jardín del frente. La cálida luz del sol me recibió en el rostro, cegándome momentáneamente. El jardín lucía fresco, renovado y el rocío aún se posaba entre las ramas y las flores; no recordaba haber respirado un aire más puro ni sentido una brisa más fresca desde mi llegada a aquel lugar. Los sonidos y aromas de las casas de campo se escapaban de entre las ventanas y por encima de los tejados, inundando la plácida mañana.

Vi a un extraño hombre sentado en el andén diagonal a la casa de Rosalba recostado contra la pared, con las rodillas recogidas y la cabeza baja cubierta por un sombrero. Junto a él, en el suelo, una botella de licor. Era la primera vez que veía algo así en el pueblo y la imagen me recordaba la escena de una vieja película mexicana o de Hollywood, de aquellas del lejano oeste, o quizás sacada de un libro de Juan Rulfo.

—¡Profesor!

Escuché una leve voz atravesar el aire. Era Julián, que corría hacia mí pasando cerca del extraño sujeto sin que éste tan siquiera se inmutara. Al llegar contra la reja del jardín comenzó a hacerme preguntas que él mismo respondía sin darse cuenta. Me acerqué para abrir la reja, tan sólo pude abrir un poco la reja cuando me di cuenta de que aquel sujeto estaba a escasos pasos de Julián. Enfurecido e incoherente, comenzó a profesar insultos y maldiciones a viva voz mientras me apuntaba con su dedo índice. Se movía de un lado hacia otro, levantaba sus brazos violentamente, sin coordinación. En su mano izquierda llevaba la botella de licor, yo estaba perplejo, sin lograr entender lo que sucedía. De repente, el extraño hombre arrojó bruscamente la botella contra el suelo, estallándola en miles de pequeños pedazos de vidrio que se esparcieron en todas las direcciones. Julián se aferró con fuerza a la reja del jardín. Tan oportuno como silencioso apareció Rómulo de un lado de la casa y sin retraso alguno se puso frente al extraño hombre, ordenándole que se marchara. En ese instante el extraño sujeto pronunció las únicas palabras que pude entender con claridad, entre las tantas que vorazmente había masticado:

—Ángela es mía.

Vagamente llegó a mi memoria un recuerdo no muy lejano. Aquel extraño era uno de los dos hombres que habían entrado en la tienda el día anterior, mientras Francisco y yo tomábamos las cervezas justo antes de la tormenta. Rómulo severamente le insistió al sujeto que se marchara, lo que pareció enfurecerlo aún más; entonces Rómulo desenvainó su machete que brilló con un pálido color de luna plateada. El sujeto, de ojos pálidos y ojeras abundantes que marcaban su desvelo o quizás sus lágrimas, parecía no tener freno; estaba cegado de ira y empuñaba celos y rencores entre sus puños como queriendo exprimir algo de entre ellos, sin detener sus gritos y agravios y salpicando saliva de su boca. Rómulo dio un par de pasos adelante y se ubicó entre Julián y el furioso hombre, levantó la mano que tenía libre y con la palma abierta empujó al sujeto haciéndolo retroceder unos cuantos pasos y con voz de trueno o de una bestia que se mofara del temor, le ordenó una vez más que se marchara. El extraño sujeto parecía hervir en cólera, pero ante tal amenaza bajó la cabeza y dio media vuelta arrastrando sus pasos y rumiando palabras confusas.

—Gracias, Rómulo.

—Tranquilo, patrón, pero mejor éntrese para la casa. Yo conozco a este *julano* y no es de buena espina, quién sabe qué bicho le picó.

Yo sabía bien qué bicho le había picado al tal *julano,* era el bicho más voraz de todos, el de los celos. Después de reconocerlo y de escucharlo nombrar a Ángela me di cuenta de que era él el prometido de la muchacha con la que Francisco estaba teniendo sus amoríos. Aquel extraño llevaba revuelta en su cabeza una poción de celos, alcohol, venganza y pesadillas; un trago amargo capaz de enceguecer al más claro de los hombres, debilitar al más fuerte y quebrar al más entero. Agravio provocado por una mujer débil de carne y ávida de ambiciones, desatando aquel incendio voraz que ahora consumía internamente a aquél pobre hombre. Culpable también era Francisco de aquellas llamas, pues de él fue la chispa que inició aquel fuego. Al parecer, de alguna extraña manera, el sujeto aquel me confundía a mí con Francisco, con el hombre causante de sus desgracias. Yo callé, no quise darle explicaciones a Rómulo. Me incliné hacia Julián y le dije que sería mejor que se marchara, pero el destino tenía otros planes. El enceguecido hombre que apenas había caminado hasta la mitad de la calle se dio media vuelta y de entre su cintura y bajo su ruana desenfundó un viejo revólver, místico fierro de boca oscura y letal, cual agujero negro de la muerte y las penas, y de su interior dejó salir dos sordos disparos que retumbaron por las tres viejas y olvidadas calles de San Lorenzo. Los perros ladraron y las aves revolotearon a la distancia. Miré a el hombre directo a los ojos, en un corto lapso de tiempo que parecía existir tan sólo en mi cabeza. Sus ojos se iluminaron y su rostro se tornó pálido, como sorprendido él mismo por el horror de sus acciones. Se dio vuelta bruscamente y empezó a correr sin coordinación alguna, tropezándose con lo que encontraba a su paso y mirando hacia atrás horrorizado, como perseguido por un demonio.

Julián se desplomó sobre mis brazos, inanimado y silencioso. Le di vuelta y vi su rostro dormido aún con un rubor natural, pero falto de esencia. En su pequeño pecho habían nacido dos manchas rojas que florecían en su camisa blanca y se esparcían con rapidez. Rómulo no sabía si correr tras aquel hombre o auxiliar a Julián, yo no sabía si lo que sucedía era real o la más horrenda de mis pesadillas. Levanté a Julián entre mis brazos y lo llevamos hasta mi cuarto para acostarlo sobre la cama y le dije a Rómulo que fuera por Amparo, la vecina de María. No sé por qué, pero fue ella la primera persona que llegó a mi mente. Él salió corriendo sin pensarlo dos veces y yo fui a golpear la puerta del cuarto de Rosalba.

—¡Rosalba! —llamé desesperado, con voz temblorosa.

La puerta se abrió tan sólo un poco, lo suficiente para ver el rostro de Rosalba y parte de su cuerpo. Tenía puesta la bata blanca semitransparente con la que varias noches la había visto caminar entre la soledad de la sala.

—¿Qué pasa Martín? escuché como unos tiros.

Con el mayor de mis esfuerzos para liberar las palabras de mi oprimido pecho le dije: —¡Julián! ¡mataron a Julián!

—¿Cómo así Martín? ¿qué fue lo que pasó?

Sorprendida, dejó que la puerta se abriera un poco más y escuché ruidos llegar desde el interior del cuarto. Entonces pude ver sobre sus hombros y descubrir a Francisco parado junto a la cama, sin camisa y con el pantalón a medio vestir. Ella giró su rostro hacia el interior, los dos mirábamos a Francisco.

—Francisco... —murmuré sorprendido, en voz baja, dejando mi boca a medio abrir, perplejo, estático.

Francisco levantó la mirada hacia nosotros. Rosalba se volteó para verme a la cara y dijo:

—¡Qué pena Martín! Ya salgo...

Y agachó la mirada cerrando lentamente la puerta en mi rostro, como ya tantos lo habían hecho anteriormente en aquel pueblo, pero esa vez fue diferente a todas las demás; esa vez me causaba un profundo dolor, sentí un ardor que me quemaba en el pecho y el peso del mundo caer sobre mi espalda. Caminando como un sonámbulo, como un ser sin sentido ni dirección, llegué hasta la puerta de mi cuarto. Recosté mi espalda contra la pared y miré a Julián, ahora un poco más pálido; la sangre ya había parado de brotar. Miré mis manos untadas de sangre y sentí el flaquear de mis piernas como si mis rodillas no pudieran resistir el peso de mi cuerpo. Rosalba, Francisco y después Uriel, uno a uno, fueron entrando en el cuarto, horrorizados y profundamente conmovidos, aún sin entender lo que sucedía. Escuché los gritos desesperados de María que llegaban desde la entrada de la casa.

—¡¿Dónde está? ¿dónde está?! —repetía desesperada y con la voz quebrada, mientras atravesaba la sala acompañada por Amparo.

Entró al cuarto caminando por entre nosotros como si no estuviéramos ahí y se tiró de rodillas junto a la cama, tocando con sus arrugadas y temblorosas manos el rostro de Julián. Y lloró, lloró y lloró a gritos, como queriendo sacarse algo de su interior, como si se estuviera desgarrando por dentro. Nunca podré explicar con palabras el vacío que sentí al ver a aquella anciana llorar como una niña. La pena y la tristeza me invadieron por completo y el peso de la culpa me oprimía el pecho y el alma. Sentí la fuerza de la gravedad infundir su desconocido gobierno sobre mi cuerpo, como queriendo someterme contra el suelo.

Francisco notó el estado en el que me encontraba, se acercó a mí y me tomó por el brazo llevándome hasta la sala para que me sentara en una de las sillas. Una breve y ligera brisa me revivió por un momento.

—Cálmese Martín, ya no se puede hacer nada.

Puso su mano sobre mi hombro y al hacerlo sentí como si apretara una llaga invisible, como si posara un madero ardiente sobre mi piel. La ira me recorrió por entre las venas hasta llegar a mi cabeza y con un brusco movimiento alejé su mano de mi hombro; él se sorprendió ante la reacción y yo lo miré a la cara apretando mis dientes y frunciendo mi ceño con total desprecio.

—¡Esto es culpa suya, Francisco!

—¿Qué dice, Martín? Esto no es culpa de nadie...

—Sí lo es, es culpa suya. De ahora en adelante nunca más me dirija la palabra, ¿me escuchó bien? ¡Nunca jamás!

En el interior del cuarto María gritaba y maldecía a todos, maldecía al pueblo y me maldecía a mí. Escuché claramente su ronca voz mencionar mi nombre un par de veces y cada vez que lo hizo sentí un puñal hundirse en mi pecho.

Irónicamente, Julián murió en la madrugada de un sábado, el único día de la semana en el que se le permitía salir a la calle como un niño normal; el único día de la semana en el que María, hasta ese entonces, no había perdido a un ser querido. Coincidencia o capricho del destino, ahora María se había quedado totalmente sola y en su memoria, cada día de la semana le recordaba una pena, un dolor, un amor, un olvido. La semana no le alcanzaba a María, pues no sabía cuál día le reservaba el destino para su propia muerte, la muerte que ella más esperaba, si ya todos los habían repartido entre aquellos a quienes ella amó. Presiento que, si hubiese podido, esa misma tarde se hubiera muerto junto con Julián, dejando a un lado esta seca tierra y esta lenta y tortuosa espera de estar viva.

Ella se encerró en su vieja casa y ya no la pude volver a ver. Amparo era la única persona que podía entrar a la desolada morada para asegurarse de que María tuviera algo para comer. Con dinero de la caridad de todos, Julián fue enterrado en el cementerio de Quimbaya, el mismo en el que reposaban su abuelo, su madre y dos de sus tíos. Del asesino nunca se supo nada más, lo buscaron por todas las fincas y veredas aledañas, pero nadie supo de él y su caso no era considerado lo suficientemente importante para ir más allá de los mínimos esfuerzos; era la justicia de los pobres y los olvidados con todas sus limitaciones y prejuicios. Aquel hombre se esfumó como se esfuma un mal recuerdo, una pesadilla, un fantasma. Desde aquel funesto día fue como si la misma tierra se lo hubiera tragado. Yo sí lo volví a ver y no una, sino incontables veces; Se aparecía en mis pesadillas, irrumpía cual demonio atormentándome hasta mis límites, repitiendo dolorosos momentos de aquel día una y otra vez, sin piedad a mi cordura.

En ellas, algunas veces Julián moría tranquilo entre mis brazos y una infinita tristeza me ahogaba; en otras ocasiones se aferraba a mi camisa y me pedía desesperado que no lo dejara morir. Me despertaba sobresaltado, sudoroso y entre escalofríos. Una noche, la pesadilla revivió la misma escena, pero al mirar entre mis brazos no era Julián el que moría, era María. Las pesadillas aún me torturan, no tan seguido como antes, pero aún existen. Me tomó mucho tiempo el sobreponerme a todo. Recuerdo que los pocos días restantes que estuve en San Lorenzo, intenté hablar con María, pero fue en vano. Limité mis conversaciones con los demás a estrictamente lo necesario. Al regresar a la ciudad me alejé completamente de Francisco y en pocas ocasiones converse con Uriel, de su vida, tan sólo recuerdos y sinsabores me quedan. Jamás regresé a San Lorenzo, me conformo con saber que existe, aunque aún no aparezca en el mapa. De Rosalba prefiero pensar que aún espera a su marido o que su marido aún la espera a ella. Pasó de ser la figura de una mujer deseada, la estructura a la que en sueños me aferraba entre sábanas sudadas, a ser un mito, una anécdota, una sombra de un lugar escondido entre montañas de cultivos de café, una parte de mi vida que a veces prefiero no recordar, una hoja seca arrastrada por el viento de mi historia, del olvido, que forma mis memorias.

FIN

Made in United States
Troutdale, OR
03/07/2024